发现隐藏在古诗词里的博物知识

古诗词里的衣食住行

秋阳 著

中华书局

图书在版编目（CIP）数据

古诗词里的衣食住行/秋阳著. —北京：中华书局，2021. 6
（2025. 9 重印）
（古诗词里的博物志）
ISBN 978-7-101-15188-6

Ⅰ．古… Ⅱ．秋… Ⅲ.①古典诗歌-诗歌欣赏-中国-青少
年读物②社会生活-中国-古代-青少年读物 Ⅳ.①I207. 2-49
②D691. 9-49

中国版本图书馆 CIP 数据核字（2021）第 085659 号

丛 书 名	古诗词里的博物志	
书 名	古诗词里的衣食住行	
著 者	秋 阳	
绘 画	竞仁文化	
责任编辑	刘 三	
封面设计	竞仁文化	
责任印制	管 斌	
出版发行	中华书局	
	（北京市丰台区太平桥西里 38 号 100073）	
	http://www.zhbc.com.cn	
	E-mail：zhbc@zhbc.com.cn	
印 刷	大厂回族自治县彩虹印刷有限公司	
版 次	2021 年 6 月第 1 版	
	2025 年 9 月第 6 次印刷	
规 格	开本/880×1230 毫米 1/32	
	印张 6½ 字数 134 千字	
印 数	21001-24000 册	
国际书号	ISBN 978-7-101-15188-6	
定 价	35. 00 元	

序

复刻场景，共情诗意

《古诗词里的衣食住行》这本书讲的是古人日常生活的种种细节。全书选取经典的古诗词名篇，先列出全诗，再对该诗做简要的文学赏析。之后，针对诗中的名物，做一些深入的介绍和分析。

全书的着重点落于古诗词中所涉及的一些古代文化知识。古人对于自己的日常生活，自然视为理所当然，然而对于今人而言，往往会产生多方面的误解。看起来，这些似乎是历史范畴，然而对这些知识的理解却直接关系到对诗意的理解，对文学的理解，对意象的理解。

古诗词中的意象是赏析的关键。意象的来源，不过是天地万物、衣食住行。天地更迭没有这么迅速，人间千年却是变幻不休，古今大异。我们得真正明白古人所提及的那些生活小事，那些名称器物，那些看似不起眼的细节，否则便无法真正了解其中的含义。

许多情感的本质都是古今同之，所不同的不过是外在的形式。而这些所谓的外在，正是体现在平常生活间。若不理解秦时的"裳"，就不会明白何为"与子同裳"；若不理解唐时的"衣"，就不能明白何以诗中总说"月下捣衣"，无法领悟为何"捣衣"成为思念征人的意象；若不理解唐时的"裙"，就不能明白何为"荷叶罗裙一色裁"。平平常常一句"床前明月光"，承载了多少年来中国人的乡愁。然而何为"床"，它在室内还是室外？细细想来，却构成了完全不同的情境。

诗是有画面的，不懂得细节，就无法在脑海中构建完整的画面。一闭眼，古人的生活场景便如在眼前。复刻了场景，自然也就共情了诗意，当我们读诗时，便进入了另一个生活场域，我们与古代诗人一起行止，饮酒挥笔、燃香吃茶、长亭送别、野渡登楼，从此识得离愁、思乡、渴慕、归隐、放达、失意……

秋阳

庚子早冬于达道学堂

目 录

子衿

《诗经·郑风》

青青子衿，悠悠我心。纵我不往，子宁不嗣音？

青青子佩，悠悠我思。纵我不往，子宁不来？

挑兮达兮，在城阙兮。一日不见，如三月兮。

《诗经》分为风、雅、颂三个部分。其中"风"是从各地收集而来的土谣民歌，郑风就来自郑国。

"风"从民间来，那个时候还没有形成禁锢人性的礼教观。因此"风"是奔放的，真挚的，热切的，有着先民最原初的热辣辣的情感表达。

女子思念着心爱的男子，亦嗔亦喜，嘴上责怪着，心里却疼惜不已。你不给我写信，不来找我，那我就去城楼下等你呗。没有那么多的规矩矜持，没有那么多的欲语还休，谁叫我想你，想得"一日不见，如隔三月"。全诗采用倒叙手法，用简单的几十个字将女子等待时的焦急情状描写得如在眼前，是一首描写相思之情的佳作。

青青子衿，悠悠我心：衿和佩分别指的是衣服的哪部分？

"青青的是你的衣领，悠悠的是我的深情。""青青的是你的佩带，悠悠的是我的情怀。"中国古人作诗常用指代手法，衿、佩分别是衣服的一个部分，被借用来指代人。衿佩后来被当作青年学子的代称。青色表示这是男子的服色，由此可以推断这首诗是写给一位男子的。

衿，其实就是交领。先秦衣服没有扣子，更没有拉链，衣服要妥妥地穿在身上，就要用左右两片布交叠，然后用衣带扎住，交叠的地方就是衿，和如今的衣领类似。人一发感慨就喜欢摸胸口，摸的其实就是衿的部分。因此"抚衿"也就是叹息的意思了。

更迷惑人的是"衽"。比较通行的说法认为"衽"也是衣襟。古代中原汉族通行右衽，也就是左前襟掩向右腋系带，将右襟掩覆于内。因此"右衽"成为汉族的象征符号。这是生者的穿衣习俗，死者所用寿衣就采用左衽，不用布钮，而是使用细布带系死结，以示阴阳有别。

"左衽"一般也指中原以外少数民族的装束，古代中原文化将少数民族说成蛮夷，说他们是披发左衽，表示他们不服王化。孔子说："管仲相桓公，霸诸侯，一匡天下，民到于今受其赐，微管仲，吾其被发左衽矣。"意思是没有管仲，我们就沦为蛮夷那样，披散着头发，穿着左衽的衣服。

佩，指系结在衣带上的装饰品。古人特别爱玉，赋予了玉许多美好的含义。玉，代表了君子的温润、高贵与纯净；玉，也是身份地位的象征；玉，同时还是驱邪避祸的吉物，如果遇到灾祸，玉可以代替主人受难；民间认为玉还有保健作用，可以养人，改善人体健康状态。因此君子要佩玉。

服饰作为一个文化形态，贯穿了整个历史。从中我们还可以看到中国历朝历代的审美观，甚至政治观、军事观的发展。

氓

《诗经·卫风》

氓之蚩蚩，抱布贸丝。匪来贸丝，来即我谋。送子涉淇，
至于顿丘。匪我愆期，子无良媒。将子无怒，秋以为期。

乘彼垝垣，以望复关。不见复关，泣涕涟涟。既见复关，
载笑载言。尔卜尔筮，体无咎言。以尔车来，以我贿迁。

桑之未落，其叶沃若。于嗟鸠兮，无食桑葚！于嗟女兮，
无与士耽！士之耽兮，犹可说也。女之耽兮，不可说也。

桑之落矣，其黄而陨。自我徂尔，三岁食贫。淇水汤汤，
渐车帷裳。女也不爽，士贰其行。士也罔极，二三其德。

三岁为妇，靡室劳矣。夙兴夜寐，靡有朝矣。言既遂矣，
至于暴矣。兄弟不知，咥其笑矣。静言思之，躬自悼矣。

及尔偕老，老使我怨。淇则有岸，隰则有泮。总角之宴，
言笑晏晏。信誓旦旦，不思其反。反是不思，亦已焉哉！

这首诗虽然主要是在抒情，但实际上已经有了叙事诗的雏形，从
中可以看到一个完整的故事。

全诗以桑为比兴，写出了女人的一生。在男权社会，被圈圄在家
庭之内的女性，从物质到精神都需要依附男性。这位女性却非常伟
大，她认识到这不是自己的错，是"氓"的问题。她不自怨自艾，而是
挥慧刀，斩旧缘，从心理与昔日的丈夫永远分离，形成自我的独立。

总角之宴，言笑晏晏：古人对年龄的称谓有哪些？

诗中的"总角之宴"就是"小时候的快乐"的意思。古人对不同的年龄有不同的称谓。

婴儿时代

人初生为什么叫婴儿呢？这个命名是根据人的生理特征来的。初生的时候需要抱在胸前喂奶，也就是抱在胸前的小孩儿。膺就是胸的意思，婴与膺同义，所以称为婴儿。

初度：是指生日之时。出自《离骚》："皇览揆余初度兮，肇赐余以嘉名。"后来也称生日为"初度"。

汤饼之期：指婴儿出生三日。旧俗小儿出生三日，设筵招待亲友谓之"汤饼筵"，也作"汤饼宴""汤饼会"。刘禹锡有诗《送张盥赴举》："尔生始悬弧，我作座上宾。引箸举汤饼，祝词天麒麟。"

襁褓、赤子：襁褓本意是指包裹婴儿的被子和带子。而赤子则是出自孔颖达疏："子生赤色，故言赤子。"这两者都是指未满周岁的婴儿。

牙牙：象声词，婴儿学语的声音。如牙牙学语，指小孩子开始学话。清袁枚《祭妹文》："两女牙牙，生汝死后，才周晬耳。"周晬，指婴儿周岁。所以牙牙也可代指小孩儿一周岁。

孩提：指两三岁的幼儿。亦作"孩抱"。也有写作"孩提包"或"提孩"的，韩愈诗中就有"两家各生子，提孩巧相如"句。

幼年时代

髫（tiáo）：指古代儿童犹未束发时自然下垂的短发，因而就用"垂髫"称幼儿或指人的幼童阶段。《桃花源记》中有"黄发垂髫，并怡然自乐"。垂髫通常指三四岁至八九岁的儿童。

垂髫

龀（chèn）：《说文解字》中有"男八月生齿、八岁而龀；女七月生齿、七岁而龀"的说法。孩子乳牙脱落，长出恒牙，称为"龀"。始龀、童龀就通常指孩子换牙，也就是七八岁的年纪。《愚公移山》中有："邻人京城氏之孀妻有遗男，始龀，跳往助之。"

总角：8岁到13岁的少年称为总角，古代幼童把垂发在头顶扎成两个发髻，形状如角，因而也用"总角"来代指人的幼童阶段。总角之交，就是指幼年就相识的好朋友。

总角

孺子：指儿童。《孟子·离娄上》："有孺子歌曰：'沧浪之水清兮，可以濯我缨。'"也用作老人对后生的称呼。《史记·留侯世家》："父去里所，复还，曰：'孺子可教矣。'"

外傅之年：古代贵族子弟到一定年龄出外就学，所从之师称外傅。《礼记·内则》："十年，出就外傅，居宿于外，学书记。"郑玄注："外傅，教学之师也。"所以外傅之年是指孩子外出求学的年纪，也就是10岁。

少年男女

古代称谓很多时候还有男女之分，到了青春年少时，男孩和女孩的称谓也会有所不同。

舞勺之年：指男子13岁。古代13岁的男孩学习一种文舞，即舞勺。

束发之年：束，捆，结之意。古代男孩成童时束发为髻，因以"束发"为成童的代称，通常15岁始为成童。

束发

舞象之年：古代男子15岁到20岁时期的称谓。"舞象"是成童的代名词，原本是古武舞名。出自《礼记·内则》："成童，舞象，学射御。"

　　弱冠之年：语出《礼记·曲礼上》："二十曰弱冠。"弱冠：古代男子20岁叫作"弱"，这时就要行"冠礼"，即戴上表示已成人的帽子。"弱冠"即年满20岁的男子，后世泛指男子二十左右的年纪。

戴冠

　　豆蔻年华：是指女子十三四岁的年纪。杜牧的《赠别》诗："娉娉袅袅十三余，豆蔻梢头二月初。"

　　碧玉年华：女子16岁称碧玉年华。出自唐代李群玉《醉后赠冯姬》诗："桂形浅拂梁家熏，瓜字初分碧玉年。"

　　摽梅之年：出嫁的年龄。摽梅：梅子成熟后落下来。比喻女子已到了出嫁的年龄。《诗经·召南·摽有梅》有言："摽有梅，其实七分。求我庶士，迨其吉分。"

年长之人

喜寿、米寿、白寿、茶寿：喜寿指77岁，草书喜字似七十七，故特代指77岁。米寿指88岁。因米字拆开好似八十八，故借指88岁。此外，米寿还含有年事虽高，但食欲旺盛之意。白寿指99岁，百少一为99，故借指99岁。茶寿是108岁的一种说法。茶字的草头代表二十，下面有八和十，一撇一捺又是一个八，加在一起就是108岁。

古稀之年、从心之年、杖国之年、悬车之年：这几个称谓都指70岁的老人。古代人活到70岁很不容易。杜甫有诗曰："酒债寻常行处有，人生七十古来稀。"后人就多依此诗，称70岁为"古稀之年"。

朝枚之年、耄耋之年：这几个称谓都指八九十岁的老人。

鲐（tái）背之年：古人90岁的别称，鲐背泛指长寿老人。鲐是一种鱼，背上的斑纹如同老人褶皱的皮肤。

期颐之年：指百岁高寿。《礼记·曲礼上》："百年曰期颐。"郑玄注："期，犹要也；颐，养也。不知衣服食味，孝子要尽养道而已。"意思是：人至百岁，饮食、居住等各方面都需要孝子照养，所以"百岁"称作"期颐"。

双稀、双庆：古稀指70岁，因此又称70岁的两倍——140岁为双稀、双庆。

无　衣

《诗经·秦风》

岂曰无衣？与子同袍。王于兴师，修我戈矛。与子同仇！
岂曰无衣？与子同泽。王于兴师，修我矛戟。与子偕作！
岂曰无衣？与子同裳。王于兴师，修我甲兵。与子偕行！

　　这是一首战歌。听说要"王于兴师"，大王要举兵打仗，征战在即，战友们大声呼喝，高歌不止，互相鼓劲。战士们唱着《无衣》，一路高歌猛进，血液里的热度熨热了彼此，连死亡都无所畏惧，又何惧无衣。

　　诗共三章，采用了重章复沓的形式，每一章句数、字数相等。但结构的相同并不意味着简单、机械地重复，而是不断递进。意象方面，"袍"指外衣，"泽"指内衣，"裳"指下衣，"袍""泽""裳"，从外到内、从上到下，一层深似一层地表现出战士之间的亲密关系。情感方面，"同仇"，统一思想；"偕作"，一起行动；"偕行"，同上战场。三个词语层层递进，烘托出战斗的气氛。《无衣》表现了战士们保家卫国、团结对敌、英勇献身的思想感情，慷慨雄壮，是一首充满斗争精神而又富有艺术魅力的古代军歌。

岂曰无衣？与子同袍：袍、泽、裳分别指的是哪种衣服？

《无衣》之后，"袍泽"就成了战友的代名词，袍泽故旧是老战友，袍泽之情是战友情。

"袍"是外衣，"泽"是内衣，都是上装。袍通常会比较长，能够一直遮盖住下身。

"裳"是下装，在《无衣》中念"cháng"，专指男子下身所围的衣裙。

春秋以前的古人没有裤子。袍里面是泽，袍泽之下就是裳，围着一块兽皮或者是织物。不过这种衣服御寒能力太差了，于是春秋的时候就出现了"胫衣"，也叫"绔""袴"，就是套在腿上的东西，两条裤腿是单独的，各自有系带，系在腿上。后来终于发明了"裈"，就是和现在差不多的，有裆，两个裤腿能连在一起的裤子。太史公说司马相如和卓文君私奔后，小夫妻开了一家酒馆，大才子司马相如穿着"犊鼻裈"和下人在一起洗碗。犊鼻裈其实就是一种兜裆短裤。

先秦时代没有高脚桌，大家都坐在席子上，前面放个矮矮的几案。因此大家坐着的时候，前面都没有什么遮挡下身的东西。不像现在，大家开会时围桌而坐，只见上半身。那时还没有裤子，最多只有两条裤腿，因此先秦时代的人如果箕踞而坐，也就是屁股着地，两腿分开坐，那等于袒露身体的隐私部分，是极不礼貌的。因此先秦时代人们得跽坐，即双膝着地，这样就把隐私部位隐藏起来了。

《无衣》里唱的袍、泽、裳，应该都是战衣。如果从打仗的装束来看，裳就更容易理解了。参观秦始皇兵马俑时可以注意一下，里面无论是将军还是士兵，不管哪个兵种，下身都围着甲裳。

秦国战衣

为何表达战友间休戚与共，要用同袍、同泽、同裳来体现？秦军号称锐卒，他们有着严格的作战编制。最小单位是伍，由五个兵士组成。十伍一屯，二屯一将，五将一主，二主一大将。作战时，伍、屯、将、主、大将之间互相配合。每一伍间，无论防守还是进攻，五人互相配合，互相掩护，互为攻守。每屯直至每大将间都是如此，对于配合的要求非常高。与子同袍、同泽、同裳就表示着我和你将在同一个战斗位置上，我们会站在一起，并肩作战。

孔雀东南飞（节选）

《玉台新咏》

新妇谓府吏："勿复重纷纭。往昔初阳岁，谢家来贵门。奉事循公姥，进止敢自专？昼夜勤作息，伶俜萦苦辛。谓言无罪过，供养卒大恩；仍更被驱遣，何言复来还！妾有绣腰襦，葳蕤自生光；红罗复斗帐，四角垂香囊；箱帘六七十，绿碧青丝绳，物物各自异，种种在其中。人贱物亦鄙，不足迎后人，留待作遗施，于今无会因。时时为安慰，久久莫相忘！"

作为中国古代文学史上第一部也是最长的一部长篇叙事诗，《孔雀东南飞》非常完整地叙述了一整个故事，不但有头有尾，而且剪裁得当，人物刻画细致入微。作为诗，它很长，但作为一个故事，它才1700多字，可谓精练。

叙事诗须得头尾交代清楚，在短短的篇幅内，作者不仅敷衍铺陈出整件事体，而且多有渲染，既要记事，又要写人，还要抒情，丝毫不乱。刘氏的难为，府吏的痴情，阿母的顽固，阿兄的可恶，均历历在目，如描如绘。结尾又添神话色彩，读之情何以堪？

四角垂香囊：古人怎样制作香囊？

香囊其实就是用来装香料的小袋子，自古就有，从平民百姓到帝王人家都用。丰俭随意，可以是粗布缝制，也可以织锦绣花。里面可以只塞些艾叶香枝，也可以装上用珍贵配方调成的各种名贵香料。可以挂在身上，也可以悬在床帐上、车辇上，还可以放在衣柜中。

讲究的古人日常都随身携带香囊，遇有污浊之气便可以举之避秽，若有头晕不适可以嗅之提神，行动之间也可以香风细细。男女都是如此，只是用的香料不太一样罢了。

端午节的时候要驱五毒，因此香囊是必备之物。端午香囊里要装上雄黄粉和艾叶，以避蛇虫。香囊的形状和色彩则各擅胜场，有些做成彩色的小粽子形状，佩在孩子身上，十分有趣。

古时还有一种特殊的香囊，用柔软的绸缎作面料，里面填上丝绵、蚌壳粉和一点点香粉，软软的，柔柔的，香香的，给小孩儿挂在身上，用来吸汗。小孩儿好动，容易出汗，如果不及时擦干容易感冒，这个香囊正像一块海绵，可以把汗吸干。

还有一些香囊，特意用百家布缝制，使用许多零碎的小布片连缀而成，讲究些的不但要配色还要配出图案，据说这种香囊集百家之祝福，佩在身上可以祈福。

香囊的形状不一，圆形、方形、椭圆形、倭角形、葫芦形、石榴形、桃形、腰圆形、方胜形，等等，但香囊多是两片相合中间镂空，也有的中空缩口，但都必须有孔透气，用以散发香味。香囊顶端有便于悬挂的丝绦，下端系有结出百结的系绳丝线彩绦或珠宝流苏。老人为了防病健身，一般喜欢戴梅花、菊花、桃子、苹果、荷花、娃娃骑鱼、娃娃抱公鸡、双莲并蒂等图案的，象征着万事如意，家庭和睦。小孩儿多用的是飞禽走兽类的图案，如虎、豹子、斗鸡、赶兔等，象征健康平安。情侣夫妻间多绣鸳鸯戏水、比翼双飞或两人喜爱之物，以示恩爱。

做香囊还有一个非常重要的配件——穗子，也叫流苏或者是绦子。上部用来挂香囊，下部垂下来以为装饰。《红楼梦》里的小丫鬟们动不动就打绦子，就是为了给各种香囊、荷包、佩玉做配件。绦子可以打出各种的花样，还可以填入铜钱、玉器，等等。

香囊作为随身佩戴之物，如果赠送他人，则是一种非常亲密的示好行为。如果女子为男子做香囊，说明他们的关系非常不一般。因此在古时，香囊也经常作为传情之物。

皇帝也经常赏赐香囊给臣子，主要是因为其中的香料珍稀昂贵，可以作为贵重物品发赏。

至今，我们端午节还有悬佩香囊的习俗。小小香囊，既可健身，又可传情，难怪习俗历经千年而不衰。

十五从军征

《乐府诗集》

十五从军征，八十始得归。

道逢乡里人："家中有阿谁？"

"遥看是君家，松柏冢累累。"

兔从狗窦入，雉从梁上飞。

中庭生旅谷，井上生旅葵。

舂谷持作饭，采葵持作羹。

羹饭一时熟，不知饴阿谁。

出门东向看，泪落沾我衣。

    这首叙事诗通过十五岁就出征，八十岁才回到家乡的老兵的视角，描述了战后一片荒芜的凄惨景象。十五从军是写实，八十回乡可能略有夸张，毕竟古人的平均寿命很短，更何况流落他乡多年。然而破败的山村却是历历在目，无比真实。

    家园成了坟墓，人居沦为兽穴，终于挣扎着回家，却再无一个亲人。在外的时候，归乡的信念支持着一生的颠沛流离；回来之后，却发现真正的家已荡然无存。煮熟了羹饭，却无人可以奉养，那种茫然、失落与成空的痛切，实在难书难写。白描的手法就足以让人心惊落泪。

    得有多少的悲悯，才能如此体贴地道出当时的种种细节？想来写诗的人，一定与那位八十得归的老兵感同身受。

采葵持作羹: 葵是哪种植物? 羹是哪种食物?

回到荒废已久的家园, 院子里长满了野谷, 井台上爬满了野葵。这些植物本来都是有人种植的, 然而人死屋空, 院子无人管理, 植物自生自灭, 种子随风撒播, 一片颓败景象。

幸好有这些野谷子和野菜, 可以勉强做一餐食。春米的器具幸亏是石臼, 洗洗便能用, 如果是木制的, 恐怕早已腐朽。将野谷摘下, 扔进石臼里, 脱去粗糙无法下咽的糠皮, 抓起一把, 将糠吹去, 余下谷粒便可以炊饭。

有饭还须有菜, 井台上胡乱生长的葵菜便是做羹汤的好材料。葵是古人的主要蔬菜, 并不专指某一种菜。葵主要指叶子大大的, 吃起来滑滑的, 味道有些回甘, 带有天然黏液的菜。不少葵类植物, 我们现在还在食用。比如木耳菜, 就是古代所说的落葵, 再比如莼菜, 古时叫露葵。还有秋葵, 虽然不是叶状的, 但是吃起来的口感也是甜甜的, 滑滑的, 因此也叫它葵。就算是向日葵, 如果折断枝叶, 会发现它们也会分泌黏液, 是滑滑的。向日葵的茎

古人用来研磨食物的石臼

叶其实也是能吃的，只是表面绒毛太多太硬，口感糙粗，因此基本都当作平肝气的药物使用了。

葵类里最重要，也最受欢迎的菜是冬葵，古诗词里凡是写到葵或者葵羹的，基本上就是指这种菜。它的叶子很大，茎很细，毛茸茸的，吃起来尤为"甘滑"。冬葵菜本来是一种野菜，后来被人们引入菜园，广泛种植，这样想吃葵羹的时候就拔几株，新鲜方便。

冬葵一般会被制作成羹。羹是一种黏稠的液体，有时候也指特别厚的浓汤。要想做成羹，有两种方式，一种是使劲地熬煮，让汤汁变得异常黏稠，佛跳墙之类的半汤菜有时候会有这种口感。另一种就是往汤里加入少量的淀粉，使汤汁变稠。冬葵羹自然无法使用第一种方式，植物熬得再久，也无法分解出胶原蛋白使汤变厚。不过，冬葵里含有大量黏液，哪怕煮清汤，都会有一点儿黏稠度。更多的时候，人们会往冬葵汤里加入米汤，使得汤变成羹，喝起来更浓厚香滑。冬葵菜的叶子是毛茸茸的，上面有很多细绒毛，米汤的顺稠能够让菜的口感变得柔滑，只余下清香甘甜。川渝人民至今还在冬天喝冬葵米汤，可谓古风犹存。

古人做饭的方式和现在不同，他们习惯于先用大量的水煮米，米粒完全涨发后，倒出米汤，再继续焖煮米粒直到变成饭。米汤雪白浓滑，富有营养，倒掉实在太可惜，正好拿来做葵羹。

现在日本还有羊羹，其实是一种糕点，厚厚一块。如果将其视为厚到凝固的羹，就可以理解为什么叫羹而不叫糕了。羹是在汤中加入淀粉或经过长时间的熬煮，羊羹也是如此，小红豆被煮化了，还添入了葛粉、面粉，经过凝结后成了羊羹。而糕，是在米粉中加入少量的水，蒸制而成。两者做法完全不同。从这个意义上来说，各种皮冻、鱼冻应该都是一种羹。

古时提到"汤"的时候，往往是指热水。香汤不是指香喷喷的汤，而是香喷喷的洗澡水。

舂出米来，煮一锅饭，采些冬葵，倒出米汁来，做一碗羹。有饭有菜有汤，便是一顿好食。

赠从弟

〔东汉〕刘 桢

亭亭山上松，瑟瑟谷中风。

风声一何盛，松枝一何劲！

冰霜正惨凄，终岁常端正。

岂不罹凝寒？松柏有本性。

　　此诗名为"赠从弟"，但无一语道及兄弟情谊。古诗多有托物言志之作，这首诗便用松树象征了自己的志向。全诗开篇先声夺人，凛冽之感扑面而来，之后两个"一何"感叹强调。犹嫌不足，再用冰霜之冷来衬托松之风骨。最后一锤定音，这是松之本性啊！

　　字字金声，句句挺拔，全诗如冰泉裂冰，寒风过竹。诗中写道："终岁常端正。"四时不易，寒暑不移，不斜不邪，不正是端正的最好注解吗？用端正二字形容植物，气势不凡，作者格局之恢宏可见一斑。

赠从弟：从弟就是堂弟吗？

此诗名为"赠从弟"，共有三首，此为其二。从弟具体指谁已不可考，但我们知道他一定姓刘。这是因为"从弟"这个称谓指的是堂弟。

从弟的血缘关系到底有多近，取决于在什么时代。年代越早，划分越细。《尔雅》把从弟分为从祖弟和从父弟，前者是指同曾祖父却不同祖父的，比自己年幼的同辈男性；后者是指同祖父却不同父亲的，比自己年幼的同辈男性。魏晋之时，从祖弟和从父弟就一律称为从弟了。因此我们很难区分刘桢赠诗的这位从弟跟他有多近的血缘关系。

但是唐以后，从弟就只指同父弟了，同祖弟被称为再从弟。一个再字，亲疏立分。根据《宋书》的说法，从弟比同父的亲弟弟要疏远一些，但比族弟要亲近。这时再从弟与那些血缘更远的同族同姓弟弟一样，索性成了族弟。

有从弟，当然也有从兄、从姊、从妹，称谓的基本含义是一样的，只是分出性别和长幼而已。

古人经常用三服、五服这些概念来定义血缘关系的亲疏。这里的服，其实是丧服的意思。血缘关系不同，在丧事中所穿的衣服也不同。关系越近，自然越悲伤，衣料越粗糙，服丧期越长，所分的财产也就越多，这些都是配套的。大家族往往人口众多，关系复杂。主支的子弟能够享受更多的教育资源、家族支持和物资供给，越是旁支的子弟就越是艰难，有些远支甚至沦为主支的奴仆。亲弟、从弟、再从弟、族弟这些称谓的背后，都隐藏着中国家族伦理。

古代的婚姻制度决定了亲兄弟未必是同一个母亲所出，只要是同父，都是亲兄弟。但未必所有生育了孩子的女性都有资格被称为"母亲"，唯有嫡母，也就是父亲的正式妻室才能享有这一称谓。理论上，同一个父亲的所有孩子，只要被记入了族谱的，那就都是嫡母的孩子，他们都称她为母亲。如果其中某一个儿子，不论是谁生的，获得了朝廷的封赏，那获得这项荣誉的只能是嫡母。在父系社会，从，只是区分父亲这边的血缘远近。

李白有著名的《春夜宴从弟桃花园序》一文，满篇金句，字字珠玑。文章写的就是李白与各位堂弟一起宴乐抒怀的场景。文中写道，这次宴饮不是为了别的，就是为了"叙天伦之乐事"。确实，在古代，同族兄弟是抵御社会风险天然的盟友，家族内必须互相扶持。

唐代文人常用排行来称呼，白居易是白二十二，他写过《问刘十九》，刘十九是刘禹铜。刘十九的从弟刘二十八就是著名的刘禹锡。元稹排行第九，白二十二与元九是好朋友，唱和往来甚多。这些都是族内大排行。能够将排行算在一处，这些从兄弟都是相当亲密的，也说明他们家族势力不小。

春江花月夜

〔唐〕张若虚

春江潮水连海平，海上明月共潮生。

滟滟随波千万里，何处春江无月明。

江流宛转绕芳甸，月照花林皆似霰。

空里流霜不觉飞，汀上白沙看不见。

江天一色无纤尘，皎皎空中孤月轮。

江畔何人初见月？江月何年初照人？

人生代代无穷已，江月年年望相似。

不知江月待何人，但见长江送流水。

白云一片去悠悠，青枫浦上不胜愁。

谁家今夜扁舟子？何处相思明月楼？

可怜楼上月裴回，应照离人妆镜台。

玉户帘中卷不去，捣衣砧上拂还来。

此时相望不相闻，愿逐月华流照君。

鸿雁长飞光不度，鱼龙潜跃水成文。

昨夜闲潭梦落花，可怜春半不还家。

江水流春去欲尽，江潭落月复西斜。

斜月沉沉藏海雾，碣石潇湘无限路。

不知乘月几人归，落月摇情满江树。

后人对《春江花月夜》的评价非常高，称它为"孤篇压全唐"，或者"孤篇盖全唐"。闻一多说它是"诗中的诗，顶峰上的顶峰"。张若虚仅留下两首诗，其中这一首"孤篇横绝，竟为大家"，单单这一篇就胜过了许多诗，让作者成为写诗的大家。

《春江花月夜》题目中五个意象，春、江、花、月、夜穿插交织，摇曳生姿，建构出一个似曾相识、恍然若梦的空间。

细品全诗，总觉张若虚使用的是仙人视角。从大处看，大江东流、月穿白云尽在眼底；从细处观，流霜白沙都看得分明。从天地看，世上一切景一切物无不在关照中；从人情观，人间纤微情意无不能体贴到。观穷万物，看透世情，最后只淡淡一句："人生代代无穷已，江月年年望相似。"

全诗前半部分重在写景，后半部分重在抒情，全篇有情有景，亦情亦景，情景交织成有机整体。

捣衣砧上拂还来：古人为何月下捣衣？

月下捣衣，在诗词中常常代表着思念。

在各种天然纤维中，物美价廉者当数棉线。棉花原产于印度，大约南北朝时期开始传入中国，但只在新疆等边远地区种植，真正传入中原并大量种植应用要到宋末元初。在这之前，中国人穿的织物，不是丝的，就是葛麻的。丝绸制品品种极多，但无论哪种都很昂贵，平民百姓所着基本都是葛麻制品。葛麻结实便宜，但是非常粗硬，穿着很不舒适，在穿之前，必须经过反复锤打，这就是"捣衣"。

在清洗葛麻衣物的时候，因其质地太硬，不可能采取用手搓洗的方式，得把衣物浸饱了水后，放在一块平整的石板上，用一根一面扁平的木棒反复锤打，将里面的脏东西挤出来，同时，将衣服锤软打平。

古时灯油是一笔很大的开支，点灯是一件奢侈的事，穿葛麻的平民百姓家点不起灯，主妇总是在白天做需要照明的事，而捣衣却只需要有点儿光亮即可，完全可以在月光明亮的夜晚，"月下捣衣"是常见的场景。

月光本来就是一个和思念有关的意象，月下捣衣也因此成为思乡的寄托。离人见到月下有人在捣衣，不由得想到家乡也在捣衣的妻子。正在捣衣的妇人，被月色撩拨，也在这单调的捣衣声中思念离去的家人。

唐诗中写到捣衣砧的地方不少。杜甫《捣衣》："亦知戍不返，秋至拭清砧。"李白《捣衣篇》："晓吹员管随落花，夜捣戎衣向明月。"韩翃《酬程延秋夜即事见赠》："星河秋一雁，砧杵夜千家。"王昌龄《长信秋词五首（其二）》："高殿秋砧响夜阑，霜深犹忆御衣寒。"均以捣衣砧寄情。

唐朝虽然国势强盛，其实战争不断，长期征兵。唐朝当时实行的是府兵制。府兵平时是耕种土地的农民，农隙训练，战时从军打仗。府兵参战时武器和马匹自备，军衣当然也是自备。士兵每年有几个月的休假，到了初秋就回家，自然就得将穿了一年的衣物换下，取了新衣再走。七八月假期即将结束的时候，士兵的妻子就会提前为他们准备衣服，秋月之下，声声捣衣，既是盼归，也是送别。

"长安一片月，万户捣衣声。"征人妻的眼泪，便落在捣衣砧上。

采 莲 曲

〔唐〕王昌龄

荷叶罗裙一色裁，芙蓉向脸两边开。

乱入池中看不见，闻歌始觉有人来。

文学史上，王昌龄被冠以"边塞诗人"的称号，其实他的写作能力是多方面的，可以写悲壮的边塞诗，也可以写非常细腻的诗句。比如这首《采莲曲》，全诗没有提到"采莲女"，却将那时的景与象写得丝丝入扣，细致入微。读者可以从中感受一点点侦破的乐趣，一句句读下来，哦，原来写的是她，果真如此，好不逼真！

"荷叶罗裙一色裁"，绿荷叶和碧罗裙互相映衬，浑然一体。"芙蓉向脸两边开"，荷花与娇颜交相辉映，人美花清。"乱入池中看不见"，人入池中莲底，与环境和谐到看不见。"闻歌始觉有人来"，诗末终于揭晓了谜底，人随歌现。

读这首诗，我们可以随着描写，观望一片绿意摇摆，花枝颤动，波纹乱晃，继而缓缓入池，拨莲寻人，终被歌声带至采莲女前。诗已写完，后继如何，回味无穷。

对于要描写的对象，诗人似乎什么都没有说，而实际上什么都说了。荷叶会说话，芙蓉会诉说，池水涟漪会呼喊，而诗名"采莲曲"更是大大方方让采莲女露出了真容。

王昌龄真不愧是"七绝圣手"。

荷叶罗裙一色裁：罗裙是什么样的裙子？

《采莲曲》中提到"荷叶罗裙一色裁"，指的是采莲女身着绿色的裙子，与荷叶一色，分不出来啦。那么罗裙到底是什么样的裙子呢？

唐诗宋词，乃至后代的诗词中，"罗裙"是一个常用的意象。宋代张先有"双蝶绣罗裙"，贺铸有"记得绿罗裙，处处怜芳草"，清代的纳兰性德也有"忆来何事最销魂，第一折枝花样画罗裙"。细细想来，连《采莲曲》在内，这几处罗裙应该都是绿色的吧。

历朝历代的诗人都提到罗裙，起码说明这一称呼各朝都适用。这样经年累月地用下来，"罗裙"就不再特指某种裙子，而是作为一个意象，象征着女子的美好。

作为一种女性必备的服装，罗裙有着各种样式。《全唐诗》里收有周濆的《逢邻女》，其中写得很形象："慢束罗裙半露胸。"周濆大约是五代末或宋初年间的人，也就是唐朝刚过没多久，这句诗可以用来参考推想唐代罗裙的样子。事实上，我们在各种考古发现中看到的唐代仕女大多是这种形象。

之所以用"束"字，是因为唐代的裙子很长，会拖在地上。那个时候没有橡皮筋做成的松紧带，要用布带束紧，裙子才不会掉下去。那时也不流行露脐装、低腰裙，而是会把裙子扎束得比较高，最低也要在腰的上面，甚至可以升至腋下。光穿裙子，露着手臂可不行，因此上身会穿一件短短的上衣，袖子窄窄的，左右衣襟裹住，下摆扎在裙子里。

唐代的贵妇们会在罗裙外面再披一件短短的上衣。这件上衣叫"半袖"，它是短袖的，袖子特别宽大，对襟敞胸，没有扣子，甚至没有系带，主要是为了更华丽美观。然而还不够，外面还要加上"披帛"，再披一条罗纱，搭在臂上肩上作装饰，和现在的披肩有点儿像。

由此推想，采莲女的罗裙应该也是一种紧身高腰的长裙，只是上身不会披挂这么多而已。

那为什么称为罗裙，而不是布裙、麻裙、丝裙呢？这就涉及裙子的质地了。罗是一种丝织品，轻薄透气，常在夏季穿用。

同样是丝织品，因织法和用料的不同，有非常多的种类。绫、罗、绸、缎、锦，都是我们熟悉的称谓，罗在丝织品中占了很大一部分。罗也分为许多种，尤其到了宋代，织罗的技术达到了巅峰，花样繁多。"宋罗"成为一个专门的名称。不同的地方出产不同的罗，都成为贡品，甚至有专门的"织罗署"。江南一些庵堂的尼姑也加入了织罗的行列，那就是出名的"尼罗"。

有关罗裙和丝织品的故事很多，既有精美绝伦的考古实物，也有令人心动的传说记载，细细品味，罗裙中有着好几千年的历史呢。

画

远看山有色,

近听水无声。

春去花还在,

人来鸟不惊。

如果把题目掩去,诗中这些简单的字组合在一起好像在说一个谜语。但是题目只用一个字就揭开了谜底。原来写的是一幅画!

在真实的世界里,山是按远近分浓淡的,远山淡淡近山浓,逼近了看才有五彩的颜色,远看的话只有水墨黛晕。"远看山有色",这个"色"如果指五彩斑斓的颜色的话,现实世界中应该看不到这样的奇景。

走近了听不见水声,春天去了花还开着,人走近了鸟却不惊。只有画里的世界才能如此安稳静好,让人不再伤春悲逝。

虽说是在写画,诗人又何尝不是写他心里那个永远不会变化,不会消逝的美好世界?

远看山有色，近听水无声：中国水墨画与油画、工笔画有什么区别？

中国的水墨画以写意得韵作为绘画的要旨，而西方的油画讲究比例合宜、透视合理，逼真重现，两者大异其趣。

近来油画界流行超写实主义画作，如若画一个人，则皮肤毛孔历历可见，汗毛纤毫毕现。毛衣上每一根绒毛都清晰可辨，比照片还要逼真清晰。

其实绘画的风格在很大程度上是由绘画材料决定的。中国的笔墨纸砚画不出油画的效果，油画家也画不出中国水墨山水的神韵。

中国画若有了黑白以外的色彩，那就是使用了从植物和矿石里提取出来的颜色。比如红色，就来自朱砂，这种颜色不但很正，而且经久不褪。另外还有花青、藤黄、胭脂、石绿，等等。

就算不敷颜色，水墨的表现力也非常强。画山水风景的时候，仅靠一盂水、一砚墨、一支笔，就能画出大好河山。山是重重叠叠的，一层一层画上去，有时并不能一气呵成，而是要等干了再画一层，等再干了再画一层，可以叠上四五层。溪水瀑布在很多时候并不需要画上去，留白就好。边上全是嶙峋怪石，草木亭台，中间忽然飞白，那自然就是一道飞瀑，并不需要解释，一见便知。

画水墨最难的不是墨的浓淡，而是用水。掌握水的比例，才是最高超的技巧。齐白石画螃蟹，善于用水，哪里浓哪里淡哪里枯哪里自然过渡，全靠一支笔蘸水调节。一笔下去，笔的不同部位含水量不同，用力轻重不等，一笔间就分出浓淡。一只螃蟹盖子只需要一笔，自然把凸处显出来。每条腿也只需要一笔，螃蟹老嫩都分得清清楚楚。最后加枯笔略勾，张牙舞爪的劲头就出来了。中国画里的水不需要画出来，但是水却处处皆是。

中国画不讲究透视比例，但每画必有魂。从画的角度来说，人是最重的，画中间小小一个人，或者负手而立，或者饮于亭中，或者坐于船上，只这一个小人，全无面目，寥寥几笔，就压得住整幅画。再有小船添在水湾湾，奇峰怪石出岫云，文人雅趣尽在其间。

工笔画画花鸟虫草，栩栩如生。螳螂腿上的刚毛根根分明，海棠叶上的虫斑惟妙惟肖，蝉翼真能画出薄得透明的感觉，荷花也能通过敷白粉的方法让花瓣显得有质感。最妙的是写意芭蕉上忽然停着一只工笔蜻蜓，或者水墨竹叶间若隐若现一只工笔黄雀，一拙一巧，相映成趣。

据说《画》的作者为唐代大诗人王维，而王维的诗是出了名的"引诗入画"，苏东坡说王维是"诗中有画，画中有诗"，王维本人也是一位画家，擅画山水，绘画史上认为他是文人画的开创者。台北故宫博物院收藏有《雪溪图》，一般认为是王维唯一的传世之作，观之确有《画》诗中的种种意境。

中国士人历来有隐遁、避世、服药、游仙之类的理想。比如王维曾为安禄山所俘，不得已接受了官职。安史之乱平复以后，他的弟弟王缙为他赎罪，他得以重新做官，但这种经历令他苦痛难堪，后来他自己要求放还，栖隐在辋川别业的山水之间。平时，他一定在脑海中无数次勾画过心中的理想世界。也许他会想到，若在深山之中，白云深处结一小庐，后面立着百丈松，前面临着万丈渊，左面挂着瀑布，右面耸着怪石，无路可通，而他就坐在这庐中，或啸傲或弹琴，与人世永远隔绝。于是他就和墨铺纸，顷刻之间用线条和水墨在纸上实现了这个境地，神游其间，借以浇除他胸中的块垒隐痛。这事与做梦有什么分别？这画境与梦境有什么不同呢？

丰子恺说得好："中国的画，可说就是中国人的梦境的写真。"

竹里馆

〔唐〕王 维

独坐幽篁里，
弹琴复长啸。
深林人不知，
明月来相照。

苏东坡评价王维的诗"诗中有画"，本诗也很有画面感，但画出来只有一大片竹林和天上的一轮明月。竹林深处那个且啸且奏的灵魂人物，靠画笔就很难表现了。

《竹里馆》一首小诗，却写出了天大地大人心之大。天地间一处深林，有一个人隐迹其中，却能诗能画能乐，仰天长啸，惊动月色。人间无敌，唯有明月可以当朋友。开篇一个"独"字，道尽作者的孤傲、清冷与惊绝才情。

弹琴复长啸：古代名琴有哪些？

王维不仅是诗人，还是一个音乐家，考上进士之后，他担任的官职叫太乐丞，这是一个专门负责朝廷礼乐方面事宜的官职。

古时的音乐和礼教不可分割。所谓礼乐，是把音乐当作教育的工具，认为音乐能够陶冶情操，教化民众。古代文学与音乐之间的关系，远比现在紧密。诗与乐、词与乐不可分离。

民间当然也有音乐，"短笛无腔信口吹"，但这个乐和王维所操练的乐不是一回事。白居易在《琵琶行》里写："岂无山歌与村笛？呕哑嘲哳难为听。"意思是所住的乡间也有山歌也有笛音，但是低俗鄙陋，无法入耳，听不下去。

文人开门七件事，琴棋书画诗酒花，琴居首，可见乐的重要性。琴是最古老的弹拨乐器之一，我们有时候叫它古琴，因为它的历史太悠久了。琴有七弦，因此我们也会称它为七弦琴。琴与中国历史文化之间的关联实在太紧密了，许多名琴都被载入史册，背后有着动人的历史故事。

七弦琴

　　比如"号钟"，它是周代古琴，传说伯牙曾经亲自演奏过它。号钟的声音洪亮激越，是齐桓公的爱物。据说桓公常令人敲牛角并吟唱歌曲，自己鼓琴相和，旁边的侍者闻之均不知不觉间泪流满面。

　　再如"绕梁"。据说楚庄王得到它后，沉迷乐声无法自拔，曾为它七日不朝。后来想想不能一直沦陷在琴音里，但又克制不住，索性用铁如意把"绕梁"给砸了。

　　还有"绿绮"。据说形制特殊，黑中带绿，曾是梁王的爱物，后来被大才子司马相如用一篇《玉如意赋》换走了。名琴配名士，司马相如琴艺精湛，"绿绮"找到了适合它的人。李白有诗："蜀僧抱绿绮，西下峨眉峰。为我一挥手，如听万壑松。"这里是用"绿绮"指代好琴、名琴，并不是真的绿绮琴。

　　再有"焦尾"。《后汉书》记载，东汉蔡邕曾在火中抢救出一段桐木，有部分已经烧焦，但是制成琴后音色格外悦耳。焦尾琴一直到明代都还有据可考，被收藏在明帝的大内之中。

　　这四大名琴在历史上被反复提及，但是实物早就湮没于时间的长河之中。琴通常用桐木制作，因其木质疏松，有利回响，七弦所用材料基本上由蚕丝绞成，这些原材料都无法抵抗时光的侵蚀，早已腐朽。我们再也无法得见真容，只能在历史文献中一觑风采。

唐代及明代有文献记载并且有明确传承的古琴也不少，由于年代较近，传承有序，其中有一些尚在收藏家手里。

晚唐有名琴"独幽"，曾被王夫之收藏，现在还存世，其名有可能是取自王维《竹里馆》诗意。"独幽"的琴体上刻有唐文宗的年号，表明它的制作年代比王维所生活的年代晚了差不多有一百年，可见并非王维当年所奏之琴。

一个人在幽深的竹林深处所奏的乐，自然不可能是俗调，王维"弹琴复长啸"，且弹奏且吟啸，惊天动地，不找个偏僻的地方恐怕很难尽兴。"啸"在古时也是一种音乐形式，使用丹田之气曼声吟诵、歌唱、长呼、咏叹，配合琴音的曲调，尽抒胸中沉郁。

这样的音乐，没有极高的艺术修养无法演奏，亦无法欣赏。"深林人不知，明月来相照"，无须人知，明月相知即可。

静 夜 思

〔唐〕李 白

床前明月光，

疑是地上霜。

举头望明月，

低头思故乡。

　　李白诗句向来想象纵横，但是这一首却平平实实，仿佛在说话一般。

　　当时的李白，一定远离家乡。他一生四处游历，总也会有思乡的时候。他是不是又喝醉了？否则见月光哪会"疑"为白霜。这首诗以寒霜喻月光，看起来不过白描了一幅日常景象，却让人心中一凛，瞬间醒过神来，又在刹那间神驰万里，心归故土。霜之寒气，正可醒人，而人清醒过来的第一反应，一定是心心念念放不下的情。

　　举头和低头不过是两个简单的动作，俯仰之间，心情发生了转换。这就是李白笔力所在。

床前明月光："床"到底是什么?

《静夜思》明白晓畅,全诗中唯有一个"床"字费人思量,此物到底指的是什么呢?

这个字之所以会产生争议,主要是《静夜思》的宋代版本是"举头望山月",而我们现在通行的版本"举头望明月"是明代的。宋朝离唐朝比较近,应该是宋版更合原作。既然望的是"山月",那很明显是在室外望月,而睡觉的床当然是在室内,这就不合逻辑了。因此人们就认为这首诗里的"床"另有解释。

从古到今,关于此诗中"床"的解释大约有以下几种。

这几种说法中,最流行的一种,是指井栏。从考古发现来看,中国最早的水井是木结构水井。古代井栏有数米高,成方框形围住井口,防止人跌入井内,这方框形既像四堵墙,又像古代的床。因此古代井栏又叫"银床",说明井和床有关系。

第二种说法,是指井台。井台指的是井周边的那一小块地方。无水不成活,因此井一直是非常重要的家居场所。自古以来,人们就习惯于在井边聚集。取水、浣物、浸果子、冰酒,在井边的桌子上喝酒聊天聚会,都是常见的生活方式。

李白在井边喝酒,一抬头,看到院子外山边的明月,再一低头,看到地上月如霜。此情此景,不但合情合理,而且非常符合诗中的逻辑。因此不论是井台还是井栏,都很有说服力。

第三种说法，床就是床。唐代的床不但用于睡觉，也用于日常起坐，是个可躺可坐的榻。唐代的床和榻不太能分得清楚，主要是床腿都太短了。唐早期的家具基本没有太高的，几啊，案啊，床啊，离地都比较近。能够垂足而坐的高桌、坦腹高卧的高床要到唐中晚期和隋代才开始流行。

李白喝得有点儿多，躺在床榻上，看着窗外的月光洒在床前的地上，也说得通。

近来又有人认为，这里的床应该是"胡床"。胡床并不是床，没办法躺在上面。胡床其实是一种可折叠小凳子，也称"交床""交椅""绳床"。现在，我们出去露营、野餐，或去野外写生时常带一种小马扎，两边的腿可以合起来，要坐时打开，中间

胡床

展开一块帆布，人就可以坐在上面，不用时一合，中间的布卷折起来不占地方。现在的小马扎和唐代时形状相似。

之所以认为床是胡床，因为唐代凡称床，几乎都是指这种小马扎"胡床"，而真正的床，他们通常叫作榻。

李白在院子里，坐在马扎上喝酒，抬头看月光，低头看满地月色如霜。这种情形也很合理。

这几种说法都讲得通，各有道理。中国历史悠久，很多知识难以下定论，面对不同的理解，我们应该持包容的态度，从而提高我们思考、探索的能力。

夜宿山寺

〔唐〕李 白

危楼高百尺，

手可摘星辰。

不敢高声语，

恐惊天上人。

　　李白写诗总是夸张得那么有趣。楼好高，高到可以伸手摘到星星，高到说话声音大一点儿，就能吵到我们天上的邻居——仙人。作为星球好邻居，我们要注意一点儿，不要大声喧哗。

　　这首诗最有意思的地方就在于李白将我们人类与天上的神仙完全平等了。随随便便修座楼就能直达天庭，轻轻说句话，便可与仙人拉起家常。星星不过是天上镶的小钻，站在楼上，一伸手就摘下来了。我们与神秘宇宙的距离瞬间缩减为零，我们与不可知事物之间的距离也不再那么遥远。

危楼高百尺: 楼与阁有什么区别?

　　此诗的写作背景有两种说法, 一种说法是李白在公元725年, 也就是开元十三年的时候在湖北省黄梅县所作, 写的是黄梅县蔡山峰顶山的江心寺。另一种说法是所写为绵州越王楼。无论哪种, 写的都是寺庙中的楼。

　　"危楼高百尺", 唐代的一尺大概相当于现在的0.3米, 百尺高楼有30米那么高, 和现在的十层楼差不多高。古代不打地基的木结构楼几乎是不可能修筑到如此高度的, 李白用的是夸张的修辞手法。

　　城市里有城楼、箭楼、钟楼、鼓楼、过街楼, 宅院里有戏楼、配楼、绣楼, 不过诗词中常见的还是用于登高远眺的观景楼, 比如黄鹤楼、岳阳楼、鹳雀楼。

　　楼与阁还是有区别的, 从建筑形式来说, 一般楼是指重屋, 而阁的下部是架空的; 从建筑地位来说, 楼一般只是附属建筑, 而阁是主体建筑; 从建筑形制来说, 楼一般狭窄高耸, 阁则方正轩敞。

　　古诗文中有关楼的名句真不少, 许多楼也因此千古留名。

　　位于湖北省武汉市的黄鹤楼至今仍是旅游胜地。崔颢有诗《黄鹤楼》, 字字珠玑, 皆是金句, 其中用了仙人骑鹤西去的典故: "昔人已乘黄鹤去, 此地空余黄鹤楼。"李白对此佩服不已。

楼

古诗词里的衣食住行

阁

岳阳楼位于湖南省岳阳市古城西门城墙之上，下瞰洞庭，前望君山。杜甫、李白、孟浩然等人都曾写过登岳阳楼的诗篇，而宋代范仲淹一篇《岳阳楼记》让它奠定了"背诵天团"楼的地位。

鹳雀楼，又名鹳鹊楼，位于山西省永济市蒲州古城西面的黄河东岸。由于楼体壮观，结构奇巧，加之周围风景秀丽，唐宋之际文人学士登楼赏景留下许多不朽诗篇，如大家所熟知的唐代诗人王之涣的《登鹳雀楼》。

还有芙蓉楼，"洛阳亲友如相问，一片冰心在玉壶。"王昌龄一首《芙蓉楼送辛渐》脍炙人口。全国至少有两个地方都说芙蓉楼在自己这里，一处是江苏镇江，另一处是湖南洪江，从诗意和王昌龄生平来看，两处都有可能。无论哪处的芙蓉楼，都是园林胜景，值得一去。

"何处望神州？满眼风光北固楼。"辛弃疾一首《南乡子·登京口北固亭有怀》传诵至今。当时辛弃疾正在镇江知府任上，登高北固楼，望断故园路，自问自答，无计可收复失地，一身抱负，满腔悲怆，尽付亭楼。

"望湖楼下水如天"，苏东坡常在望湖楼上看水写诗，至今，望湖楼仍是观西湖的最佳景位。西湖边还有楼外楼，是一家著名饭店，现在还开在西湖边上。

至于无名小楼在古诗词中更是比比皆是，李清照的"月满西楼"，李煜的"小楼昨夜又东风""无言独上西楼"，陆游"小楼一夜听春雨"，温庭筠"独倚望江楼"，晏殊要"望尽天涯路"，先得"独上高楼"，李商隐有"画楼西畔桂堂东"……太多了，难以胜数。

诗词中还经常出现"明月楼"。范仲淹除了写《岳阳楼记》，也写过"明月楼高休独倚"；张若虚在《春江花月夜》中轻问"何处相思明月楼"；陈子昂两度写"哀哀明月楼"；李白更是不时提起"千里相思明月楼""西寄长安明月楼""明月楼中音信疏"。

武侠小说中常故作玄虚，让人去某处寻找秘籍，结果那处却并非一个真实的所在。"明月楼"也类似于此，若是执着寻找一处真实的明月楼，恐怕会迷其所在。浙江金华确有一座明月楼，然而李白说的"长安明月楼"何在？诗人们在各处所写的明月楼又在何处？若把明月楼当作一处实物，那就没办法解释了。

事实上，明月楼指的不过是月下小楼。曹植有诗句："明月照高楼，流光正徘徊。"诗人真正挥不去的是思念，是月色如水之下无孔不入的想念，从此明月就与相思、思乡、念亲等情感联系在了一起。"举头望明月，低头思故乡"，明月担当着中国人的集体乡愁，这是一个很明确的意象。因此，明月楼并不是某处具体的建筑，与其说它是物质的，不如说它是精神的。

小楼之所以常常入诗，正因其可以登高，可以望远，可以近天，可以摘星，可以怀人，可以思乡，可以幽然独处，可以一抒胸臆。多多体会古诗词中的各种"楼"，可以理解古人的感情。

将 进 酒

〔唐〕李 白

君不见黄河之水天上来，奔流到海不复回。

君不见高堂明镜悲白发，朝如青丝暮成雪！

人生得意须尽欢，莫使金樽空对月。

天生我材必有用，千金散尽还复来。

烹羊宰牛且为乐，会须一饮三百杯。

岑夫子，丹丘生，将进酒，杯莫停。

与君歌一曲，请君为我倾耳听。

钟鼓馔玉不足贵，但愿长醉不愿醒。

古来圣贤皆寂寞，惟有饮者留其名。

陈王昔时宴平乐，斗酒十千恣欢谑。

主人何为言少钱，径须沽取对君酌。

五花马、千金裘，呼儿将出换美酒，与尔同销万古愁！

　　《将进酒》原是汉乐府短箫曲，是首劝酒歌，被李白一写，将这辈子的闲愁都一并吞了。别家写诗，有一二名句便可流芳百世。李白这一长首写下来，才气一路奔泻，无一不是金句，从头到尾，没有一个泄气的字。太白开篇常作惊人语，沈德潜说"此种格调，太白从心化出"，谁知此诗调子越唱越高，情绪越来越汹涌，总以为要收一收了，偏不，愈是险峰愈要登，自信到宇宙爆炸。全诗开头还在叹流水悲白发，之后便直奔尽欢而去。也只有李白这位诗仙，才能如此尽兴。作者以豪迈的气概表达对统治者与权贵的不屑，彰显了诗人可贵的傲骨。

莫使金樽空对月：古人的酒具都有什么？

若要论人类文明史中最有趣的技术发明，酿酒术估计能排进前三。中国人长时间以来一直为吃饱肚子而发愁，然而由粮食酿造而成的酒，却从未断过。"古来圣贤皆寂寞，惟有饮者留其名。"从精神意义上来说，酒，不是奢侈品，而是必需品。

酒既不可废，酒器也必然花样百出。盛唐辉煌，仅从小小酒器上便可窥一二。

酒坊之中，酒装在大酒坛里，从出土实物看，一个大酒坛的自重约有15公斤，若是装满酒，一个壮汉都未必抱得动。若能从大酒坛中细细筛出酒来，稳稳倒入酒杯，不必一滴不漏，便已经是不可思议的高手。

李白和丹丘生等人酒量再大，日常对饮之时也不可能抱个大酒坛喝。倒不是嫌不风雅，主要是抱不动。几案之上，盛酒的是壶，既可以装不少酒，也拿得动。唐代的酒壶和现在的壶长得不太一样，现在的壶有一个把手和壶嘴，唐壶经常没有壶嘴，只从壶口倒出酒来。但是唐壶总是有造型奇特的把手和壶盖，壶身左右都各有一个对称的把手，有做

唐代的酒壶

成龙形的，有做成藤状的，各展其异。壶口上有盖，有鸡首有狗头，沿袭了汉时的造型。

就算有壶，也不能对着壶口直接灌，要倾酒入杯，然后举杯共销万古愁。唐杯完全就是一只摊得很开的碗，有时也称为海棠杯，的确像一朵开足了的海棠花。

唐代的酒杯

可能有人会问，为什么唐杯不叫碗呢？因为碗另有其器。和杯相比，碗的口比较小，沿比较高，比较像现在的饭碗。

唐代在比较讲究的酒宴上，会使用觥（gōng）。觥的本义是指用来装酒的牛角。将天然中空的牛角清洁、打磨、雕刻后再包上各种金银箔片，加上各种足底造型，让它可以稳稳地放在桌上，就成了一只非常别致的觥。

但也有铸铜为觥的，将整个酒器做成一只异兽造型，连头带背都是盖子，打开盖子，身体中空，可以装酒，下面四足，可以站立。要喝酒的时候就顺着兽的脖

唐代的觥

子喝，盖上盖子，就是一只完整的兽。

还有著名的羽觞。器具外形椭圆、浅腹、平底，两侧有半月形双耳，有时也有饼形足或高足。因其形两侧有耳，就像鸟的双翼，故名"羽觞"。曲水流觞，从王羲之的时代一直流到李白的案前。

觞造型很美，喝起来也很方便，拿着两边的"耳朵"一饮而尽就好，最大的缺点是能盛的酒比较少，按当时的酒，千觞不醉的确也有可能。

羽觞

当然，还有此诗中的"樽"。唐代樽的特点是比较高，下面有三足，上面有个盖子。为什么要加个盖子呢？因为樽下面可以点火，保持樽中酒的温度，上面有个盖子也是为了加强保温效果。爵也可以用来温酒，但是下面的三足比较细长，上面的敞口像鸟喙一样是尖的，方便倾酒入口。

其实和青铜器时代相比，唐代酒具的花样已经减少了。青铜酒器有樽、壶、爵、角、觥、觚（gū）、彝、卣（yǒu）、罍（léi）、瓿、杯、卮、缶（fǒu）、斝（jiǎ）、盉（hé）等。

李白用来换酒的"千金裘"也是好东西，那是花费千金买的皮大衣。裘就是动物皮毛制成的衣服，羊、兔、狐、獭、貂、银鼠甚至狗的皮毛，都可以用来制衣。唐朝还有用仙鹤的

唐代的樽

羽毛制成的鹤氅，也算是一种特殊的裘衣，前后开衩，骑在马上飘飘欲仙。

送 友 人

〔唐〕李 白

青山横北郭，白水绕东城。

此地一为别，孤蓬万里征。

浮云游子意，落日故人情。

挥手自兹去，萧萧班马鸣。

  李白此诗开头平实，写了青山白水、北郭东城。全诗对仗工整，浮云对落日，游子对故人，意对情，纹丝不乱，又合情合景，可见李白写诗并不全凭一股仙气。

  《诗经·车攻》里有"萧萧马鸣"，在尾联中，李白化用前人句毫无痕迹，加了一个"班"字，便新意迭出，连马都不忍分别，信手拈来，却是深情缱绻，真可谓神来之笔。有了最后这两句压阵，此诗自有一份清新洒脱。

青山横北郭，白水绕东城：城和郭指的是什么？

李白写"青山横北郭，白水绕东城"，译成现代汉语就是青翠的山峦横卧在外城墙的北面，波光粼粼的流水围绕着内城墙的东边。从这句可以看出，郭在城的外面。

城郭，古义指内城和外城，现在泛指城或城市。

中国的城市是依托政权发展起来的，最核心的位置会留给城里权力地位最高的人，然后按政治地位层层铺开，拱卫中央。

从春秋时期开始，逐渐以王宫为中心，形成了都城。为了更好地戍卫王宫，都城形成几重设计。最中心的是宫城，围绕宫城设置一个小城，越接近宫城，其居民的血统和王族越接近，政治地位越高。小城就是内城，也就是李白诗中所说的"城"。在城外，往往设有一条护城河，起到阻绝内外城的作用，万一有敌人入侵，内城能够有更多的防御屏障。护城河外是外城，也就是"郭"，住着普通老百姓。这就是"青山横北郭，白水绕东城"的由来。作者都见到郭了，可见是出城了。《吴越春秋》说："筑城以卫君，造郭以守民。"很明显，内城是保护君主的，住的都是王公贵族。外城则住着百姓，他们承担着拱卫内城的责任。

外城比内城要大，有一种说法，叫"三里之城，七里之郭"。内外城三七比是战国时较通行的体例，属于较小的城池。

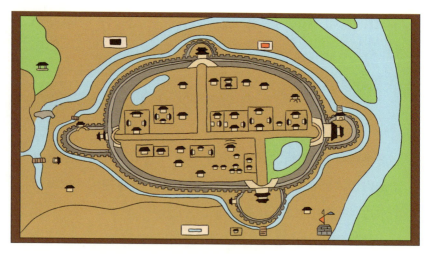

城郭示意图

　　城郭有两种形式,一种为小城(即宫城)位于郭城之中,另一种为小城(即宫城)与郭城分开。早期的大多是宫城位于郭城之中,后来则宫城与郭城分离。

　　宫城与郭城分离的形式可分为三种类型:

　　一类:宫城与郭城分为相连的两部分。属此类者有齐临淄城、郑韩故城、燕下都武阳城和中山灵寿故城。其中齐临淄城的宫城相连于郭城的西南隅,其余都是分为宫城与郭城东西毗连的两部分,或东西并列,或大小相连,中间有一城垣将其一分为二,使之成为两个单独的城,但又是一个不可分割的整体。

　　二类:宫城与郭城分为相依的两部分。属此类者仅赵邯郸故城,宫城相依郭城的西南隅,互不相连。宫城由三个小城呈"品"字形相连排列组成。

三类：有宫城而无郭城。属此类者为侯马晋都新田遗址。其宫城由三个小城呈"品"字相连排列组成，类似于赵邯郸故城的宫城，但却没有郭城。

从春秋一直到明清，除秦始皇的咸阳外，其他各朝的都城都采用城郭制。城郭制即"内之为城，外之为郭"的城市建设制度。一般京城有三道城墙：最里面那道是大内或者叫紫禁城的宫墙，第二道是内城的外墙，最外面那道是郭墙。府城，也就是州府县治所在的城市，一般有两道城墙：子城、罗城。

夏商时期已出现了夯土城墙。唐以后，发展出烧窑技术，渐渐流行用砖把夯土墙包起来。明代砖的产量增加，砖包夯土墙得到普及。城门门洞结构，早期用木头，元以后用砖砌成拱形门洞。水乡城市依靠河道运输，还会设水城门。为了防御外敌侵袭，有些城市还设有瓮城、马面、城垛、战棚、城楼等设施。

中国古代都城规模之大，在世界古代城市建设史上是少有的。中国的城市建设独具特色，值得好好研究。

春 望

〔唐〕杜 甫

国破山河在，城春草木深。

感时花溅泪，恨别鸟惊心。

烽火连三月，家书抵万金。

白头搔更短，浑欲不胜簪。

　　这首诗的题目具有画龙点睛之妙。题名为"春望"，而全诗就是在写一个"望"字。前四句是望出去的景，写目之所见。后四句的"望"是盼望之望，写望之时的心情。境转心转，望出去的景如何，那是由心情决定的。前四句是后四句的铺垫，后四句是前四句的生发。

　　"国破山河在"，山河仍在，家已不在；"城春草木深"，城还在，但城的繁华已不再。花会溅泪，鸟亦惊心，山河、草木、花鸟都与作者同悲共鸣。

　　将自己放进周遭的世界，让整个世界随我心蹁跹，悲喜起伏，皆在一心。这就是文学。

白头搔更短，浑欲不胜簪：古代男子也用簪子？

　　《孝经》里说："身体发肤，受之父母，不敢毁伤，孝之始也。"事实上，古人也剪头发，宋朝还有专门的净发社，就是用来修剪胡须和头发的。只不过，现代男子的发型通常比较短，而古人都留长发。

　　既然是长发，那就要有相应的发型。古代男子20岁要行冠礼，把头发扎到头顶，再戴上类似小帽子的头饰，用簪子固定住。而女性梳各种发髻也需要簪子来固定并作装饰，因此簪是男女都需要用到的日常用品。

　　在古代，作为一个正常的社会人，披散头发是不行的，只有要入山当隐士的人，才把簪子一拔，披发入山，隐居去也。因此抽簪在古时，就是指代辞官。发型即规矩，簪子一抽，头发散了，为官的礼仪也破坏了，正统世界再也不能奈我何，从此一叶扁舟，处江湖之远，逍遥自在。

　　簪子作为男女都要用的物件，材质多样。男性多用玉质、骨质或金属质地的簪子，特别朴素或别有雅趣的也用木簪、竹簪或藤簪。簪的款式基本上就是一根长达十几厘米的，一头圆一头尖的长条小圆物。用的时候用尖的一头插入头发，贯通头冠和发髻，让它们固定在一起，在头顶上保持稳定。男性的簪子不会太短，款式也不会太复杂，长度起码能够顺利穿过发髻，否则起不到固定的作用。

但是女性的簪子就非常复杂了，除了固定用的长簪，还有装饰用的大大小小、长长短短的各种款式。有些只需要轻轻插入头发，露出美丽的簪首，自然不需要太长；有些要挂下流苏，或者在簪头做出复杂的造型，那自然也不能太小；还有一些特别短小的，比如挖耳用的小簪，别在头发上取用方便且不容易掉就行了。当然，也有女性在头上别着特别坚硬锋利的银簪，这是防身用的，犹如一把小匕首。

从出土或流传下来的实物看，女性的簪子非常美丽，工艺异常精良。材质也非常多样，金银铜铁不在话下，玉骨藤木也是常见，点翠的镶蓝的嵌宝的，不一而足。

簪子已经退出我们的日常生活，虽然还有人用，到底太少，因此制簪的手艺也相应不再受到重视。精致华美的簪子不仅代表了古人的高超制作工艺，更反映了中华民族悠久的历史文化，我们应多了解和弘扬。

古代女子的凤头簪

客 至

〔唐〕杜 甫

舍南舍北皆春水，但见群鸥日日来。

花径不曾缘客扫，蓬门今始为君开。

盘飧市远无兼味，樽酒家贫只旧醅。

肯与邻翁相对饮，隔篱呼取尽余杯。

　　首联先从户外的景色点明客人来访的时间、地点和来访前夕诗人的心境。上句把绿水缭绕、春意荡漾的环境描写得十分秀丽可爱。鸥鸟在古人笔下常常是水边隐士的伴侣，它们"日日"到来，足见环境清幽僻静。颔联将笔触转向庭院，引出"客至"。诗人采用与客谈话的口吻，增强了生活实感。寂寞之中，佳客临门，一向闲适恬淡的主人不由得喜出望外。前句不仅说客不常来，还有主人不轻易待客意，今日"君"来，益见两人交情之深厚，使后面的酣畅欢快有了着落。颈联写诗人邀客就餐，主人盛情招待，频频劝饮，却因力不从心，酒菜欠丰，而不免感到歉疚，字里行间充满了融洽气氛，表现了主客之间真诚相待的深厚情谊。尾联中请邻翁共饮的细节细腻逼真、写法上峰回路转，别开境界。

樽酒家贫只旧醅: 古代的酒和现在的酒有什么不同?

"盘飧(sūn)市远无兼味,樽酒家贫只旧醅(pēi)。"客人来了,赶紧留着一起吃晚饭。住处太偏,买不到好菜;家里太穷,只有陈年旧酒。杜甫一边表示不好意思,一边趁机写出自己家里是真没有好东西。

"飧"字一边是夕,一边是食,是指晚饭。饔(yōng)是指早饭。汉以前粮食供应太紧张了,起码民间没有一日三餐的可能,都是一天吃两顿,早饔晚飧。孔子说:"不时不食。"是指在祭祀的时候,没有到规定的时辰不能开吃。古时祭祀礼仪往往反映在现实生活中,日常生活中也讲究不时不食,没到吃饭的时候不能开饭。《史记》里写项羽和刘邦决战前,传食"旦日飧士卒",大白天的就给士兵吃晚饭,用这种方式提振士气。

到了唐时情况虽然有所改善,但大部分地区还是一日两餐。柳宗元在《种树郭橐驼传》里描写扰民的小吏使得百姓"辍飧饔以劳吏",每天光应付官府了,饭都来不及吃,用飧饔两餐指代了吃饭这个行为,可见唐时普遍还是吃两顿。

杜甫还写到家里贫困,只有"旧醅"。现在我们通常认为酒是越陈越好,陈酿才珍贵。而唐人爱喝新酒,白居易邀请刘十九来饮,是用"绿蚁新醅酒"作为引诱。

唐朝的酒相比现在，最大的差异就是酒精含量低。唐朝的酒从名称上来看，约有三百多种，但基本上都是发酵酒，度数高不上去。

英国现在还卖一种含酒精的饮料，叫苹果西打，就是苹果发酵饮料，有一定的酒精含量，但并不太高，喝起来苹果味儿很足，有气泡。估计唐朝的果酒大多和这相似，什么葡萄美酒、甘蔗酒、槟榔酒、枇杷酒，都差不多。用粮食酿的酒会烈一些，不过粮食品种不同，酒的颜色和味道也会有很大的差异。

用发酵法酿酒，不论原料如何，都会产生大量的渣滓和少量的气泡。因此这样的酒酿好之后，必须有一个过滤的过程，将杂质滤去。未滤清的酒会有一些固体物留下来，浮在酒面上，看上去就像是一只只暗绿色的小蚂蚁。这就是绿蚁酒的由来。

这样的酒新酿出来的时候刚入口有一点点酸，回味甜甜的，带点儿小气泡，有一点点辣口，但是不能存放太久，否则酒精就会挥发，气泡消失，味道变得非常寡淡。

唐代有很多人在自己家里酿酒，有许多私家配方。白居易当然也做这些雅事，他不但用粮食酿酒，还用梨酿，然后将两种汁勾兑在一起，形成特殊的白家梨酒。酒面上的绿蚁颜色特别翠，口感香甜浓郁。也正是因为拥有这种独家配方饮料酒，白居易才有底气写信给刘十九，快来，独家梨酒，色美味香，既有果味又能醉人。如果没有独门秘方，家家都有绿蚁酒，又有什么稀奇呢？

其实刘十九也和了白居易一首诗："知己三杯酒，暗香共暖炉。北风谁踏雪，疏影伴君无。"看来他们可能喝完酒之后，去踏雪寻梅，看疏影横斜了。

传统酿酒工艺——浸米

月夜忆舍弟

〔唐〕杜 甫

戍鼓断人行，边秋一雁声。

露从今夜白，月是故乡明。

有弟皆分散，无家问死生。

寄书长不达，况乃未休兵。

　　这是一首望月怀亲诗。经考证，当时杜甫在秦州，正值安史之乱，史思明攻陷了东京等五州，杜甫的两个弟弟，一个在山东，一个在河南，都失陷在战乱之地。杜甫自己携带家眷在甘肃秦州落魄客居，相比之下，两个在战区的弟弟更令人担心。前事不可追，来事又未可知，焦虑、忧虑、伤痛、迷茫成了杜甫此时期创作的主题。

　　子美最擅长的，就是从平常事里见不凡。家常小事，日常小景，写来却字字沉痛，声声血泪。"露从今夜白，月是故乡明。"这一句极耐咀嚼，越念越感意味深长。"露从今夜白"，好似从前的露不白，从前的夜不冷，只因着心境的变化，从今夜开始，露也浓厚到发白了，夜也寒冷到令人想念家乡的温暖了。"月是故乡明"，哪里的月色不亮呢，只是在家日日好，家乡的月亮在心里就显得更大更圆更亮。

　　杜甫将这样平常的题材写得字字有情，真真儿地见功夫！

古诗词里的衣食住行

戍鼓断人行: 鼓在古代打仗时起什么作用?

《月夜忆舍弟》中提到"戍鼓",戍鼓其实就是指卫戍部队所敲的鼓,戍鼓代表着战乱。杜甫当时所在的秦州在现在的甘肃天水一带,地处偏远,本来人口就稀少,鼓声一起,表示战争开始,更是断了人迹。

戍,是保卫的意思,戍卫,戍守,戍边,用的都是这个意思。戍鼓就是军队中的鼓。军中之鼓,也有可能是巡视的更鼓,也有可能是战鼓,总之听到了戍鼓声,应该离军营不远了。

鼓在中国古代军队中的作用不可小觑。战国时打仗,要在进攻之前击鼓。《曹刿论战》中有名句:"一鼓作气,再而衰,三而竭。"长勺之战中,鲁庄公准备下令击鼓进军,曹刿说不可,要等对方三击鼓,泄了士气才行。

我们现在有成语"旗鼓相当",是将用作指挥军队进退的旗与鼓指代军队,表示双方实力不相上下,可见旗与鼓都是军中常用之物。

鼓作为一种有共鸣,能够发出雄壮激越声音的乐器,很自然地就被先祖用作战场助威之用。巨鹿之战,黄帝为了打败蚩尤,先准备了一面大鼓,"黄帝杀夔,以其皮为鼓,声闻五百里"。黄帝把一种叫"夔"的怪兽杀了,用它的皮做成一面鼓,击打起来,声音可以传出五百里开外。打仗之前,先声夺人,有了这面鼓,黄帝先赢了。其实这个传说是有现实依据的，古人把鳄鱼也视为一种怪兽，古代的战鼓经常使用鳄鱼皮当作鼓面，它的皮坚实耐击打，且表面疙疙瘩瘩的，再结合鳄鱼凶残的外表，古人认为可以起到威慑敌人的作用。

战场上的鼓样式很多，有不同的名称，比如路鼓、晋鼓等，用于不同规模的战役以及不同的战斗场合，它们的规格、大小都不一样，发出的声音也很不相同。

从考古发现来看，鼓的历史非常悠久，起码有七千年历史。远古的时候，好东西常被用来当作通天神器，鼓也不例外，祭祀的时候，鼓的位置很重要。远古时狩猎、战争离不开祭祀，于是鼓有了更广泛的应用。到了周代，祭祀与礼乐联系在了一起，于是鼓又顺势成为乐器。周有八音，鼓乃群音之首。所谓"鼓琴瑟"，就是琴瑟开弹之前，先有鼓声作为引导。至今，鼓在乐队中也起到一锤定音的作用。

中华文明的发展始终伴随着一阵阵鼓声，从原始的陶鼓、土鼓、皮鼓、铜鼓，一直发展到种类繁多的现代鼓，鼓深受人们喜爱，应用十分广泛。

铜鼓

行军九日思长安故园

〔唐〕岑 参

强欲登高去，

无人送酒来。

遥怜故园菊，

应傍战场开。

此诗题目写得很明白，是"思故园"。但是若不了解历史背景，仅仅停留在故土之思的表层情感上，恐怕很难真正理解其中的沉痛之情。岑参虽然是南阳人，但久居长安，已将长安视为第二故乡，而诗中的"故园"另有深意。

这首诗原来有注，说："时未收长安。"意思是说，那时候长安还没有被收复。唐朝曾经历安史之乱，755年，安禄山起兵造反，攻陷了长安。当时的皇帝唐肃宗带着文武百官撤离长安，岑参随行。过了两年，唐军才收复长安。写此诗时，长安没有被收复，诗人的"思长安故园"，并不仅仅是指思念家乡，更多的是怀念大唐盛世。

故乡的美丽菊花，当年的热闹佳节，昔日的诗酒重阳，而今尽付贼手。战地黄花，分外引人悲怜。

强欲登高去：古人过重阳节都有哪些习俗？

重阳节在每年的农历九月初九，九为阳数，两九相叠，是谓重阳。

作为中国最重要的传统节日之一，重阳节的一大功能是祭祀。九月初九正值秋季丰收，收获了各种谷物、果实之后，正好感谢老天爷的恩德、祖宗的庇佑，这就要举行仪式祭天、祭祖。

著名的星星"大火"，就是"七月流火"那一枚，我们现在称之为星宿二，在古代文化里，它代表着四季轮回，春耕秋收。这枚重要的"大火星"在重阳节左右会从天上隐退，人们要举行仪式恭送它，明年再举行仪式将它迎回来。举行祭祀的节日通常都是大节，重阳就是秋季的大节，与除夕、清明、中元一起成为四季祭祀的重大节日。

重阳节有登高的习俗，所以又叫"登高节"。东汉时期开始流传一个民间传说，汝河里有妖魔，主掌瘟疫，凡它出现时，必要散布瘟病，令十室九空。桓景的父母均死于瘟疫，他自己也险些丧命。侥幸活下来后，他便四处造访仙人，拜师学艺，学得一身本领。功成回乡之时，师父送他茱萸叶、菊花酒以为武器，再教他将乡人带到山顶上，一起将瘟魔杀死。

传说都或多或少折射着现实。在重阳时祭祀，是因为正逢丰收季节，物资充裕。这时秋高气爽，正好登高远望。古人活动范围有限，能登上高处，一览众山小，是难得的体验。人们在山上还可以采摘成熟的野果、野菜、药材，也不无小补。秋收之后，略有空闲，天气又宜，人们相约登山，一路采摘，站在高处远眺俯瞰，不亦快哉。

同时，秋冬之交，气温骤降，容易得病。中国人极怕瘟疫，古时若遭遇瘟疫，除了大批死亡，静待疫情过去之外，没有什么办法。各朝各代都积极鼓励生育，中国民间也讲究多子多福，但古代中国的人口一直不够多，除了战争减灭人口外，瘟疫其实才是最大的杀手，经常动不动就导致全国人口的五分之一甚至三分之一死亡，千里荒野，十室九空并非夸张的说法。可以想象，古人许多习俗应当会与预防、战胜瘟疫有关。

九乃极阳，九月九正是阳气最旺盛的日子，所谓的"阳顶天"。古人也相信在这一天登上高山可以激浊扬清，呼吸到最新鲜的空气，来到与天最接近的地方，沾上点儿仙气，从而逃脱出瘟疫的魔掌。

重阳节还有佩戴茱萸的习俗，也和防瘟疫有关。作为一种可以养身祛病的草药，茱萸的功效在战国时期就被发现了，并且受到广泛的欢迎，大家纷纷将茱萸佩挂在身上。这种草药可以除虫祛湿，会散发出清香的气味，是做香囊的好材料。九月初九将整枝茱萸佩在身上，戴在臂上，插在头上，闻着气味就能令人心安。

秋季是菊花盛开的季节，菊花清气满满，还可入药驱虫。因此重阳又有赏菊的习俗，有的地方还将菊叶贴在窗上，既好看，又好闻，又风雅，还可以防病。除了观其形、嗅其味之外，菊花还可以泡茶、浸酒、做成糕点，色泽、香气、味道都相当不错。重阳节由此也吃菊花糕，喝菊花酒，洒菊花水，举办野餐菊宴。此时也是桂花飘香的时节，有些地方还做重阳糕，在米糕上撒上桂花，味道香甜软糯。

同时，九九还谐音"长长久久"，引申来便意味着长寿。随着时代的演变，重阳节也逐渐成为尊老、敬老的节日，我国政府在1988年将农历九月初九定为老年节。

重阳节美食菊花糕

逢入京使

〔唐〕岑 参

故园东望路漫漫，

双袖龙钟泪不干。

马上相逢无纸笔，

凭君传语报平安。

　　岑参孤身上任，去往安西边塞的场景与"西出阳关无故人"的场景相似。愈往西愈是荒凉、孤独、艰辛，回望长安，无限思念。

　　西去的路上，忽然迎面遇到要回长安的人，他可能是一个信使，也可能是调职回京可以带信的朋友，无论如何，能遇到这么一个人，真不容易。赶紧给妻子写封家书吧，然而身边没有笔墨纸砚，对方也没有，大家骑在马上，相视苦笑，算了，带个口信罢！

　　岑参此行，既有对家乡的眷恋，又有渴望建功立业的志向，诗人用朴素自然又充满边塞生活气息的语言将复杂真挚的情感表达了出来。

马上相逢无纸笔：古代的制纸与制笔技术

"马上相逢无纸笔"的凄凉，对于现代人来说不太容易理解。现在我们有轻便的签字笔和易得的纸张，更何况还有各种电子设备用于网络传送。几乎没有两人面面相觑，因为没有纸笔而只能带个口信这样的情形了。

古人出行不易，"在家千日好，出门一时难"，尤其是长途旅行，在路上走几个月是常事，走上二三年都有可能，所以需要带的生活必备品太多了。岑参从长安出发，去往安西都护府上任，也就是从现在的西安骑马去新疆吐鲁番附近。好在当时驿道修建得比较完备，急行军的话，四十天左右可到。岑参不用那么着急，也没有那么好的行路保障，估计得走上两个月。他只带着二三小厮，随身驮着包括恭桶、被褥、干粮在内的一应生活用品，估计很难分出空间来携带笔墨纸砚。

要想写东西，笔墨纸砚这一整套装备，缺一不可。墨和砚可以使用一段时间。然而纸和笔却和现代一样，是易耗品。唐朝时的普通纸大多是黄硬纸，既厚且硬，分量不轻。唐笔是竹管毛笔，然而旅途之上，清洗不便。不论是出京还是回京的旅人，不带纸笔，似在情理之中。

不过纸笔对于文人，正如铠兵之于武将，唐人日常对于纸笔还是非常讲究的。作为中国的盛世之一，唐代的造纸和制笔技术均有长足的发展。

大唐有一位出名的女诗人叫薛涛，她不但精诗词、明案牍、擅书法，还改良了制纸工艺，发明了著名的薛涛笺。

薛涛曾在成都浣花溪边住过一段时间，当地人多有以造纸为生者，但是做出来的纸很是大张，若想写首小诗在上面就不免过于粗豪。于是薛涛用木芙蓉皮当作原料，又加入芙蓉花汁，做成深红色精美的小彩笺，在上面写一首小情诗，正正好好。后世所谓的八行书，大多采用这种篇幅的小纸。

唐时的名纸很多，薛涛笺之前就有宣纸。没错，现在的宣纸就是由唐时传承而来。在唐以前，宣城以及徽州一带已经是纸笔之乡。工艺流传至今，宣纸仍是毛笔的最佳搭档。

徽州的歙（shè）县产一种好纸，南唐后主李煜对它特别偏爱，为了收藏它，甚至专门建了一座澄心堂。从此这种纸就被称作澄心堂纸。澄心堂纸造价高昂，传世极少，价比黄金。欧阳修、董其昌等人得到澄心堂纸后，均表示舍不得在上面下笔。虽然澄心堂纸的工艺一度失传，但后代对澄心堂纸多有仿制，且质量不错，连清朝内廷的匠作部门"如意馆"也仿制澄心堂纸。

古代朝鲜也造一种特殊的纸，叫高丽纸，常年进贡宋朝。这种纸用棉和茧制成，又白又韧，很是挺括。宋元明清时都有人用桑皮纸仿高丽纸，也很好用。

除了用途以外，制纸匠人还在纸自身的美观上做了大量改进。宋时有十种颜色的谢公笺，清时有五种颜色的粉蜡笺，上面再用泥金描绘，就成了泥金粉蜡笺。还有花帘纸、研花纸，对光一照能显出暗纹甚至整幅图案。

　　制纸的材料也是五花八门，各种植物纤维都可以拿来用。现在小学生练毛笔字常用的毛边纸，就是用竹子做的。民国时期印制书籍常用的连史纸，也是用嫩竹制成。

　　纸笔不分家，唐代的笔也大多出自宣州。唐时流行缠纸笔，是将粗纸缠成笔芯，再把动物的毛披裹在外面制成。不同的动物毛软硬度不一样，做成的毛笔也有软硬之分。羊毫较软，兔毫、狼毫、鼠须就比较硬。这些有纸芯的笔头粗粗胖胖，有的叫蒜头笔，用来给图画上色；有的叫鸡距笔，和鸡爪一样有力。唐朝的笔基本都偏硬，也许是因为当时的制纸工艺还不够先进，大部分的纸张都偏粗糙，如果笔太软就没办法在上面清楚地呈现字迹。不少书法家都参与了笔的改良，比如柳公权就将笔中的纸芯去掉了，全部用毛散扎而成。

鸡距笔

　　虽然岑参远行不带纸笔，但唐朝士人所能用的纸笔不但品种丰富而且制作精良。这些好物，到现在仍深受人们喜爱。

寒 食

〔唐〕韩 翃

春城无处不飞花，

寒食东风御柳斜。

日暮汉宫传蜡烛，

轻烟散入五侯家。

细读这首诗，会发现一个藏在文字背后的重要角色，作者没有提到它，然而字字都在写它。是它，让满城飞花；是它，让御柳斜飞；是它，让本只属于五侯家的轻烟散遍春城。它，就是风。

寒食节正值早春，这时候的春风，虽然吹面不寒，但还带有北风的烈性。它满城乱窜，广散轻烟，很有几分任性，与江南的杨柳风气质很不相同。

此诗最精彩的二字就是"飞"与"斜"，只因这二字最能表现出寒食节东风的脾性。

寒食东风御柳斜：寒食节为什么不能加热食物?

　　如果没有韩翃这首诗，恐怕很多现代人不会知道寒食节。

　　寒食节在宋代还有"一百五""百五节"的别称，这是由于宋代规定，寒食节在冬至日后的105天。宋代苏辙有诗《新火》："昨日一百五，老稚俱寒食。"宋代梅尧臣《依韵和李舍人旅中寒食感事》里也写道："一百五日风雨急，斜飘细湿春郊衣。"清初汤若望进行历法改革之前，清明节在寒食节后两日。改革之后，清明节定在寒食节后一日。

　　现在寒食清明合二为一，大家渐渐忘了寒食节。

　　寒食节真正的起源来自对火的重视，古时取火不易，对火极为敬畏，关于火种有一系列的仪式。之所以叫"寒食节"，是因为那几天大家都不能举火，所以又叫"禁烟节""冷节"。中华文明起源于黄河流域，寒食早春时节，北方天干物燥，再加上春雷滚滚，正是"野火烧不尽"的季节，容易造成火灾。因此古人要在这时举行盛大的火种祭祀，将旧火熄灭，全体禁火寒食几日，三日、五日、七日不等，然后再重取新火，称为"改火""取新火"，同时将稻草扎成的象征物烧掉，作为新一年万象之始。"昨日邻家乞新火，晓窗分与读书灯。"讲的正是寒食之后的情景，不但耕种如此，读书也是如此，一年之计在于春，一春之计在于寒食新火。

等到要起新火那天的傍晚时分，皇宫之中最先开始取火，然后用这新火种点燃蜡烛，传火给王侯公卿，一级一级传递下去，火种逐渐散入寻常百姓家，大家一起举火迎接新一年的劳作。这才有"日暮汉宫传蜡烛，轻烟散入五侯家"的说法。

在禁火的日子里，人们无火可用，没有办法把食物加热，只能吃冷食，因此，这个节日也就被叫作"寒食节"了。随着现代生活的发展，人们对于节气的概念越来越弱，寒食节因和清明节相距太近被覆盖了，大家也就渐渐忘记了这个冷餐节。

寒食节真正的源起，更为民众所熟悉的，是纪念春秋时期晋国名臣义士介子推的说法。

传说晋文公流亡期间没东西吃，介子推曾经割下自己身上的肉烤给他吃。后来晋文公归国当上了君侯，分封群臣，唯独介子推不愿受赏，携老母隐居于绵山。晋文公亲自到绵山恭请介子推出山，介子推躲进深山坚决不见。为了逼介子推露面，晋文公下令放火烧山，想把他逼出来。谁知介子推坚决不肯就范，抱着母亲被活活烧死。晋文公自然又痛又悔，于是下令每年此日，全国都不可以举火，要吃食只能吃冷的。

绵山在山西，因此汉朝的时候，山西民间曾有禁火一个月的习俗。这样未免太过，曹操当政的时候，曾经下令废除这个习俗。但三国统一为晋之后，对春秋时期晋国的风俗特别推崇，又恢复了寒食节，不过只吃三天冷餐就可以了。在全国范围内推广寒食节是为了纪念介子推的说法，流传至今。

作为最重要的节气之一，有关寒食的诗句是很多的，但是最有名的当数这首《寒食》，真可谓人以诗传，俗以诗传。然而社会在进化，人们的日常生活也在发生变化，移风易俗势不可免，寒食节并入清明节也是一件非常自然的事。

古代灯盏

滁州西涧

〔唐〕韦应物

独怜幽草涧边生，上有黄鹂深树鸣。

春潮带雨晚来急，野渡无人舟自横。

这是一首写景的诗，但读来总觉得似乎别有所指。涧边幽草无人关注值得怜惜，树上的黄鹂却叫得欢快引人关注；春日多雨，天色晚了，愈觉雨骤心急，正是用得上渡船之时，那渡口却是个"野渡"，无人管理，人去船横。

因此好多索引派解诗家都认为这是韦应物在发牢骚，说自己是幽草，明明有才华却不被重用，反而被那些聒噪的小人抢了风头。结果朝廷需要人才的时候，却只见野渡空船了。

不过只从写景的角度来看，这首诗也是很独特的。幽草与黄鹂一静一动，一幽一闹，一隐一显，觉得意味深长。春潮来急与野渡无人也是一个对比，一急一闲，一动一静，一紧一松，那横着的小舟就显得格外闲逸，将一个"野"字写得异常生动。

"野"的才能自在地"横"，"横"着才能显出"野"的好处，这两个字是全诗最精彩的"眼"。只这一句，就将那副无心无事，放迹山间的妙态写尽了。

野渡无人舟自横：舟、船、艇、舤和艨艟

有人或许会问，何为"野渡"？古代没有条件在每一条河上都造桥，就在需要过河的地方设一个渡口，用小船往来运送旅客。有些渡口在荒野远郊，要渡河的人比较少，舟子懒得一直守候，那渡船便不免时时横在水间。野渡，不仅指渡口的位置偏远，也指疏于管理。

甲骨文中就有"舟"字，是个象形字，看着就像一条小船。大部分场合，"舟"就是指"船"，汉以后才出现"船"字，汉以前就用"舟"。现代汉语发展到现在，"舟"不单独用，"船"却可以单用。比如我们不说湖上有许多舟，只说有许多船。

"舟"是中国诗词中一个非常重要的意象。"孤舟蓑笠翁""兴尽晚回舟""舟中只有琴""故作泛舟回"，含"舟"的诗句很多，随手拾取柳子厚、李清照、白乐天、杜子美等诗人的诗句，很轻松就能集句成诗。

舟在古代生活中起着非常重要的作用。原始人类依水而生，有水就需要有工具载着人渡河、打鱼，古今中外无不如此。西方有诺亚方舟的传说，中国古代神话中也少不了舟的部分。

据传大禹曾制作独木舟。大禹为了治水时交通方便，需要建造一只大型独木舟，为此四处寻找巨木，听说四川有一棵特别大的梓树，直径达一丈多，他就带着木匠去伐。树神知道后化成一

个童子阻止砍伐，禹非常生气，严责树神，砍下大树，把它中间挖空，造成了一条既宽大又灵巧的独木舟。禹乘坐这艘独木舟指挥治水工程，经过13年的努力，终于治理好了洪水。

从远古传说来看，最早的船——筏和独木舟在原始社会末期已经问世。历年来的考古发现也在不断证实着这些史实。在浙江余姚河姆渡新石器时代遗址的考古发掘中，有木桨出土，说明至迟在大约7000年前就已经有独木舟。在距今5000年左右的浙江杭州水田畈和吴兴钱山漾的新石器时代的遗址中，也都有木桨出土，说明当时独木舟已成为浙江地区的水上重要交通工具。中国国家博物馆中珍藏着一条古老的独木舟，身长11米，宽0.9米，据测定制成于6000年前。它是1958年江苏武进民工挖河发掘出来的。

在我国各地考古发掘中，先后出土的独木舟已达20多只。当时独木舟的形体大致有三种：一种头尾都是方形的，没有翘起来的部分；一种是头尖尾方，舟头翘起，尾部平底；一种是尖头尖尾，头尾都翘起来。后来的船型有方头方尾、尖头尖尾和尖头方尾之分，船底有平底和尖底之分，都是从早期的船演化而来的。

春秋战国时期，我国南方已有专设的造船工场，而且还出现了战船。吴国就是凭借着厉害的战船先后在汉水和太湖大败楚、越两国。后来勾践卧薪尝胆，用了300多艘战船又把吴灭了。

除了通称的"舟""船"以外，我们还把轻便的小船称为"艇"，正所谓"小娃撑小艇"。还有"艋"，最前面用作引导的头船叫作"艋"。在海港里为万吨巨轮领水的小船是"艋"，打水仗时冲锋在前的小战船是"艋"。古代吴越水军出征,前去山东攻打齐国,他们就是沿着海岸线排成一字形船队,前面负责引航、侦察或打头阵的小船就是"艋"。"蒙冲巨舰一毛轻","蒙冲"也写作"艨艟",指的就是冲锋在前的战船。还有"舴艋小舟",这却是指长得像蚱蜢的小船。

摇船

塞下曲

〔唐〕卢 纶

月黑雁飞高，

单于夜遁逃。

欲将轻骑逐，

大雪满弓刀。

    月黑风高，大雪满天，天地之间一点儿声音也没有。本该休息的大雁忽然高飞，定是受到了惊扰。富有战斗经验的将军立即判断出，一定是对方的首领要趁这种天气逃跑。要追敌就不能负重甲，否则马儿跑不快，将军当即点出一支轻骑兵，就在点兵出发的一小会儿工夫，弓刀上就落满了雪。

    "欲将轻骑逐"，既然是"欲"，那就是还没有出发。如此大雪，马儿还能跑吗？轻骑兵们还能出发吗？单于还能跑得了吗？这些都是悬念。

    这首诗就像一个故事精彩的开头，用一只大雁的惊起开启了整个故事。作者没有再写下去，后面发生了什么，惹人猜想。但战场上自然条件的恶劣，将士们的艰苦，战事的紧张，这些都是显而易见的。

大雪满弓刀：弓刀是一件兵器还是两件兵器？

在边塞诗中，"弓刀"是一个常用的意象。一提到弓刀，就想到胡地飞雪，羌管悠悠，追击匈奴，报效疆场。

弓刀到底是什么，历代解诗者似乎都没有细析。一说是指两样东西：弓箭和唐刀。另一说是形状如弓的刀，也就是弯刀。

要搞清楚这个问题，得琢磨一下唐代的冷兵器。诗中写道："欲将轻骑逐，大雪满弓刀。"可见这是轻骑兵所使用的兵器。唐朝在边境战斗中大量使用轻骑兵。从战斗力上来讲，轻骑兵不但机动灵活，而且在和步兵作战时占据绝对优势。骑兵可以借助马的冲力，轻松将重铠步兵砍倒，同时还可以运用马的踩踏作战。几个来回的冲杀，一个骑兵就可以击垮一个小队的步兵。可以说轻骑兵是唐朝的主要战力。

唐朝养殖的马曾经多达70多万匹，可见骑兵数量之巨。然而唐人还是认为不够，因为突厥的骑兵更强大。草原游牧民族是在马背上长大的，骑术之精，运马之妙，是当时唐朝军队没办法比的。为了弥补骑术的不足，就要在武器和战术上领先，从而压制敌人，为此，唐朝在武器上下了许多功夫，唐刀也成为流传千古的好兵器。

唐代只有高级将领才使用剑，与其说剑是一个搏击武器，不如说是用来指挥的。战士所配备的真正近战武器是刀。其中最出名、使用最广、制作最精良的，就是唐刀。日本倭刀几乎就是唐刀的翻版，毕竟当时的日本，正在努力学习中国。

唐刀分若干款式，最常见的军中制式刀具是唐横刀。这是一种单手持握的窄刃长刀，用钢极好，富有弹性。有些地方也叫它唐直刀，因为它的刃是直的。

唐横刀

唐律规定，将士宿卫之时都必须佩横刀于身侧，不可以离身。战士平时要求刀不离身，同时铠甲、弓箭不能离人太远，要随时保持战斗状态。

轻骑准备出发去追单于时，按律应该着轻甲，佩唐刀，带上弓箭。而此时的军中制式唐刀，均为直刃。这样一分析，我们就可以知道弓刀是指两种武器，弓箭和唐横刀。

那么唐朝有没有弯刀呢？事实上是有的，只是不多见。我们在唐代的佛教造像中可以见到这种弯刀的身影，它常被悬在毗沙门天王的脐下，看模样很有中亚西域风格。后来的小说里非常浪漫地称其为"圆月弯刀"。不过唐人并不如此称呼，他们叫这样的弯刀作"吴钩"。"男儿何不带吴钩，收取关山五十州。"李贺此诗很豪迈，他不用弓刀而用吴钩，是有原因的。常带吴钩的毗沙门天王在唐宋时代被誉为"军武之神"，李贺将带吴钩的男儿比作毗沙门天王，是希望这些战士能够战无不胜。

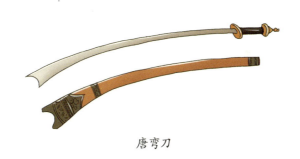

唐弯刀

中国历朝均有边患，不仅唐代，宋代也常常用"弓刀"这一意象代表保卫国家边疆安全的战士。

游 子 吟

〔唐〕孟 郊

慈母手中线，

游子身上衣。

临行密密缝，

意恐迟迟归。

谁言寸草心，

报得三春晖。

孟郊出生在一个小吏之家，自幼家境不算富裕，所以对于民间疾苦颇有体会。

儿要远行，准备行装不轻松。当母亲的担心孩子路上带的衣服不够，就夜半举灯缝制。细密的针脚便如母亲牵挂的心思，针线一拉一扯间，都是情意。这些衣物穿在身上，也将母亲的情思带在了身边。

小小一株草，又怎能报答阳光的日日普照？而母亲又哪里会想得到孩子的回报呢？只要孩子早早回到身边，千针万线也值得。

慈母手中线，游子身上衣: 古代的针和线是用什么制成的?

　　一首小诗传诵千年，"线"成了代表牵挂的意象。只是，中国什么时候有了线呢? 孟郊是唐人，可见唐代一定有了线。

　　我们常说穿针引线，有针应该就有线，针线总是捉对出现。最早的针基本都是骨针，用骨头磨成针，在上面钻出一个针眼用来引线。旧石器时代用来配骨针的线不会太精细。事实上，最早的线是把树皮草茎撕成条，搓成一缕，再把断头处捻在一起，接成一条较长的线，这一系列的动作就叫作"绩"。现在我们说"成绩""业绩""功绩""政绩"，都有取得成就的意思，可见"绩"还是一个颇有技术含量的工作。用草绩成的线，不可能太

细，也不可能太牢固，用起来估计不够方便。

关于制线，新石器时代出现了新技术，叫作"纺"。人们在纺线时，先将草皮、树皮用沤、煮等方法去除可以腐烂的部分，只留下烂不掉的纤维。这时的纤维是松散的，再用"搓"这个动作把多根纤维捻合在一起，成为细长柔韧的线。先民们一开始用手搓，然后发现效率不高，搓得不匀且不紧，于是就发明了纺轮。纺轮基本都是陶做的，也有石制的，良渚文化遗址出土过玉做的纺轮。后世的纺线机就是由此改良而来。

除了用植物纤维制成的草线、麻线之外，运用更为广泛的是丝线。丝线更细、更韧、更易染色，在用途上更为广泛。

传说黄帝的妻子嫘祖首传养蚕抽丝之法。茧是蚕吐出的蛋白质纤维绕成的，把白白的茧放在热水里，蛋白质遇热会变软，细心一点儿就能找到线头。顺着线头慢慢抽取丝线，把它们绕在线板上，这个过程就叫作"缫丝"。天然丝线很细，被抽取出来之后，再纺成较粗的线，染上各种颜色，扎成一束，就可以使用了。

用丝线做成的刺绣会有一种天然的柔和光泽，非常美丽。刺绣的时候通常不会使用太粗的线，否则成品看上去会比较粗糙。绣娘会将已经制成的线重新捻开，分作数股再用，最精细的甚至要把一根成品丝线劈作十二根。线越细，绣出来的成品越致密，图像越栩栩如生。中国的刺绣工艺如此精致美丽，和高质量的丝线是分不开的。

线在神话传说中也有一定地位，"千里姻缘一线牵"，月下老人的神器就是红丝线。乞巧节女子要在月下穿针引线，用七色丝线连穿七针，一排别在衣襟上，好让天上的织女保佑自己一直心灵手巧。

对于常年与针线相伴的女性来说，想念也是一根长长的线，总在家里不出门的母亲在这一端，远行的儿子在那一端。"临行密密缝"，缝入衣中的，都是扯不断的牵挂。

菩萨蛮

〔唐〕温庭筠

小山重叠金明灭，鬓云欲度香腮雪。懒起画蛾眉，弄妆梳洗迟。

照花前后镜，花面交相映。新帖绣罗襦，双双金鹧鸪。

温庭筠人称温八叉，说他写词有天分，两只手叉八下就能写出一首词。的确如此，作者即便是写一个无所事事的慵懒上午也能这般精巧别致。这首词其实通篇就是讲"梳妆"，写了梳头、化妆、穿衣这些女儿家事情，一经小山金明灭，云度香腮雪的比喻之后，大气磅礴好似风景画卷。

首两句所写为待起未起之情景。"鬓云"句，"度"将一种动态注入静态的描摹之中，使词句平添了几分生机；再加上"欲"字，把无生命的"鬓云"写活了。第三句紧接懒起，闺中晓起，必先梳妆，故"画蛾眉"承"小山"来而点题，"弄妆"再点题，"梳洗"又承鬓之腮雪而来，脉络清楚。"迟"远与"懒"相呼应，近与"弄"字互为注解：妆容已罢，对镜审看是否合乎标准。两镜相交，花与人面相映。"照花"二句写出了女子容颜的美丽动人，不禁让人想到红颜易老，青春难驻，像花一样易开易落。最后两句写女子梳妆既妥，穿上好看的绣衣，而这衣服上绣的又偏偏是一双一双的鹧鸪。鹧鸪图纹让闺中之人不禁有所感触，又与开头的梦起梳妆相呼应。

懒起画蛾眉，弄妆梳洗迟：唐代女子怎样化妆？

此词几乎可以看作唐妆的技术帖了。我们现在看唐画里的仕女，总觉得不太能欣赏，其实对照词人的写作，会发现这套妆容还是很有文化的。

唐妆有个特别明显的特点就是把脸和脖子抹得很白，可能相当于现在的上粉底吧，只是那个时候用的是铅粉。从额头开始，一直厚厚敷到脖子和前胸，乃至后颈，看上去雪白粉嫩，肌肤胜雪。这就是"铅华"。

然后上胭脂腮红，在两颊抹上浓浓的红色，当中最艳，逐渐向四周晕泅（qiú）开去。当时做胭脂的主要原料是红兰花，产于匈奴的焉支山，因此胭脂大都是从西域进口的。

唐代女子最重视眉妆。诗中的小山眉自然很流行，眉如远黛，历朝历代都很喜欢。但是最具唐代特色的其实是蛾眉。"淡扫蛾眉朝至尊"，见至尊也不过扫个蛾眉。唐代的蛾眉又短又粗，又叫桂叶眉，像两片叶子贴在眉部，有时还是立起来的，所以妆蛾眉用"扫"，而不用"勾"。画之前先把原来的眉毛用白粉覆盖，然后画上粗短的眉毛。唐代仕女图里大量这样的眉毛，看上去很是新奇。但如果看整体，蛾眉配上唐女的服饰，会发现有一种奇异的和谐，没有这样的两道眉毛，似乎镇不住珠圆玉润的人与身上的衣饰。

画完眉之后还要在额上贴花钿（diàn）。汉以前就有贴花黄的习惯，但唐朝格外流行。花钿的花样就更多了，梅花妆、海棠妆通常是指花钿的形状。除各种花形之外，还有小动物、吉祥图案，等等。花钿用料也很丰富，富贵人家用金箔、银箔，普通人家用有颜色的纸，还有用鱼鳞、鱼骨头的。颜色基本就是比较醒目的红、黄、绿，红的最多。剪成想要的形状，然后用鱼胶粘上去，至不济也要在额前眉间点上一个红点。"小山重叠金明灭"，就是美女一皱眉，小山眉都叠在了一块儿，牵动着眉间的金花钿，金光闪动。

这还不够俏皮，得在两侧太阳穴上画上红色的月牙，叫斜红，增添灵动感。

脸颊光有腮红不够，还得有酒窝。用浓浓的胭脂在两侧脸颊上涂出两个深红色的圆点，有时黄豆大小，有时指肚大小，有时涂大了，就有酒盅大小，这叫点画靥。

最后上唇妆。前面满脸上铅粉的时候，把眉毛嘴唇全都盖白了，现在用胭脂唇膏在上下嘴唇上各画一个小圆点，或者描一个樱桃小口的唇形，一定要小巧。

这样妆才算上完，雪白粉嫩的圆脸上，两腮通红，蛾眉耸起，两侧斜红飞过，额间异形花钿惹人关注，不笑的时候也有两个红酒窝，再加上小巧的红唇。穿上齐胸襦裙，裙上也有各种贴花，用金线绣得金碧辉煌。

嫦 娥

〔唐〕李商隐

云母屏风烛影深，

长河渐落晓星沉。

嫦娥应悔偷灵药，

碧海青天夜夜心。

一直以来，关于这首诗的解读可谓五花八门，各种猜想都有，总觉得李商隐在借嫦娥说另外事。

古人作诗善用意象，李商隐尤其是个中高手，他所使用的意象总是这么独到。云母屏风与烛影组合，渐落银河与晓星对映，碧海青天无涯无际，一夜又一夜的心思亦无穷无尽。无须探寻，"寂寞"二字已经通过一系列的意象浮现在世代读诗人的心头。如果说还有别的感受，那也许是"清冷"。

在这首诗中，寂寞是冷的，是孤清的，是无穷尽的。世间有升天的灵药，天上却没有解脱寂寞的良药。永生的寂寞，无尽的寒凉，诗中虽然没有提到嫦娥的居所，却化用了"广寒宫"，巨大的天上宫殿，孤独一人，纵有屏风隔挡，亦无从获取温暖。

云母屏风烛影深：功能强大的屏风

　　李商隐诗中的意象总是非常独特。"云母屏风"听上去就又冷又硬，到底是什么东西呢？"云母屏风"应该是指镶着云母片的屏风。云母是一种带透明感的石头，可以磨成很薄的片状，越薄越透明，不过最多也不过是半透明，不可能和现在的玻璃一样清透。将磨成半透明薄片的云母镶嵌在用于隔断的屏风上，会形成一种似透光非透光，影影绰绰的效果，具有朦胧美。

　　云母很脆，磨制过程中很容易碎裂，大片的云母尤其难得，因此用云母镶屏风很是奢侈，不过天上仙子当然用得起。从流传下来的古物看，很多云母屏风都是小小的，一本书或者一本杂志大小，称为"镜屏"，是放在桌子上作为装饰的。当然也有立地的云母大屏风，那就不得了啦。"云母屏风烛影深"，蜡烛的影子落在屏风上，夜色沉沉，留下深深的影子，那情形是怪凄凉的。

　　屏风是古人常见的摆设，有特别的审美意义。"银烛秋光冷画屏，轻罗小扇扑流萤。"中国著名建筑大师陈从周认为这番场景十分美好。中国传统的美，大概在显与隐之间，屏风正好起这个遮挡的作用。似隔非隔，似断非断，处处留有余地，又处处含而不露，这样才美。云母屏风由于材质的原因，在含蓄美上更占优势。若是没有这架屏风，一眼望去空荡荡的，美感就不足了。

　　古代的房子大多非常轩朗，从实用角度看，屏风确实可以起遮挡作用。马桶设在屏风后，更衣处也设在屏风后，甚至直接将上马桶叫作更衣，这样就不太难为情了。来客人了可以藏到屏风后，不太方便时只管到屏风后面一躲。而且屏风搬运方便，不像实体墙那么难处理，大可以随心所欲地组织空间结构，非常便利。

古人讲究风水，从风水的角度来看，家里一览无余乃是大忌。有了屏风就隔断了一部分视线，又不阻止空气流通，将空间分隔成一些互相连通的小部分，这正是中国人最喜欢的居住格局。

少女在锦屏后面窥视来人，文人在画屏上书画题咏，穿堂里放架可装卸的大插屏既能挡住来客视线又可展示家世，天井里设竹屏方便恣意坐卧，厨房里摆个木屏能让君子远庖厨……

我们看《红楼梦》，简直处处是屏风，来了客人就摆个玻璃炕屏炫耀一番，嫌屋子朴素就摆上纱桌屏。贾母房间平日里摆着绣屏，一过生日，贾母能收到十几架豪华屏风。平时玩乐也离不了屏风，赏月时玩击鼓传花，击鼓的人就坐在屏风后面。元宵节写灯谜，大家都写在小屏风上，几个小屏风合成一圈，成了一只围屏灯。

制作屏风的材质非常多，边框有竹的、木的、玉的、漆器的、金的、银的……屏风的面更是花样百出，有刺绣，有大理石，有泥金，有精工雕刻的紫檀和玉石，有各种珍稀的丝织品，有特殊的纸，当然还有云母片。

木制屏风

　　屏风更是施展各种艺术和工艺的绝好载体，可书可画，可雕刻，可泥金，可堆漆，可刺绣，可织染，可打磨……屏上有着各种图案，甚至有像。白居易说自己老了老了，好事者还是"将我画屏风"，把他的形象画在屏风上，说话间真是又傲娇又可爱，还带着三分无奈自嘲。

　　缺了云母屏风的广寒宫会少些美感，缺了屏风的中国家居也会少些趣味。

乞 巧

〔唐〕林 杰

七夕今宵看碧霄，

牵牛织女渡河桥。

家家乞巧望秋月，

穿尽红丝几万条。

这首诗写得挺巧，把民间小姑娘过乞巧节时那种欢欢喜喜、兴兴头头的小模样儿都表现在了字里行间。读完此诗，总会让人不由自主地嘴角上翘，露出一个会意的微笑。

牵牛织女年度相会虽然是一个挺伤感的故事，但是放在民间节日里，就变成了大众欢腾的由头。简简单单一句"牵牛织女渡河桥"，表现出来的人间烟火味是那样打动人心。同样的典故，李商隐写"金风玉露一相逢，便胜却人间无数"，超然出尘，如梦如幻，仙气高邈，仿佛和人间没有什么关系，但经过林杰手中笔，神仙也成了小夫妻，秋月碧霄都成全了小儿女心事。

千家万户，谁家没有少女初长成？哪户不持红丝等月明？人间的兴致勃勃、生生不息，又哪里是"高处不胜寒"的天上宫阙所能够比拟的？

家家乞巧望秋月：七夕节花式乞巧

乞巧节在每年农历七月初七，所以它还有一个非常有名的称号——七夕。这是一个专属于女孩子的节日，民间有把它称为女儿节的。在不同的地区，乞巧节还有很多不同的名字，比如七巧节、七姐节、七娘会、七夕祭、牛公牛婆日、巧夕，等等。

七在中国文化里是一个重要的数字，和天象、历法的关系尤其紧密。算盘珠子是七颗，日月加五大行星是七曜，日本至今还使用"七曜"作为星期的称谓。中国民间认为重日是很吉利的，比如二月二，三月三，九月九，当然也包括七月七。七与吉谐音，台湾人把七月叫作吉月，七七就是吉吉，七十七岁是喜寿。七月七是个非常欢喜的日子，但它和过年不同，它是含羞带笑的小欢喜，因为这是一个女孩子的节日。

虽然没有现代生活的种种便利，但古代既没有光污染，也没有高层建筑对天际线的切割，古人能够坐拥整个浩瀚的星空。观察美丽的星空曾是先民最重要的夜间娱乐活动以及学术研究。中国传统文化中的许多的意象、喻义、传说都是观星而来。从星象来说，七月七是牛郎星和织女星看上去重合的日子。《诗经·小雅》中就出现了牛郎、织女的星名，最晚在南北朝时期，牛郎织女的故事在民间开始流行。故事版本很多，基本要素差不多，织女星作为更大更亮的星，代表着一位仙女。而她之所以被称为织女，是因为在天上司职织造，传说朝霞晚霞都是织女的作品。

织女是各朝各代少女祭拜祈愿的对象。少女们都喜爱牛郎织女鹊桥相会这样凄美的爱情故事，也都希望自己心灵手巧，终生幸福。七夕这个星象学上特殊的日子，就此演变成了乞巧节——天上星宿团圆，人间欢庆之余，向织女求得一双巧手、一颗巧心，从而求得好夫婿，一生安乐。

乞巧的方式很多，不少都以游戏的形式出现，大家暗暗较劲。最常见的是对月穿针大赛，月色下，不点灯，谁能够穿得越多越快，得"巧"就越多。"穿尽红丝几万条"说的就是这个情形。

还有纯碰运气的，前几日就买或抓只小蜘蛛放在小盒子里，叫作"巧蛛"。到了七夕晚上打开，谁的巧蛛能织出最多最密的网，谁就是得"巧"最多的人。

还有一半靠技术一半碰运气的浮针验巧。白天打一盆水，在太阳下多晾一阵，晚上月亮出来后就将针平投在水面上，让它浮着，通过观察盆底针投影的样子，来判断投针人是否有"巧"。打什么水是有讲究的，井水、湖水、池水、江水、雨水，各种水的浮力稍有差异，要选浮力强的，有的还用两种甚至几种水掺在一起。把水在阳光下晾上一天半天也是有道理的，这样可以在水面上形成一层薄膜，方便浮针。投针时也要有技巧，不能让针直插水底，得让它浮起来，并且能浮成一个合适的角度，以形成"巧"的形状。至于什么样子算是得了"巧"，讨论的余地可就大了，也是乐趣所在。浮起来的状态很难完全掌握，可谓可遇而不可求，这又有运气成分。可以想象当时场景，一群姑娘围着水叽叽喳喳，讨论投影到底像什么，这也算是难得的闺中乐事了。

《红楼梦》是一本写女儿的书，自然数次提到乞巧节。王熙凤的女儿之所以叫巧儿，也正是因为她生于七月初七。

浮针验巧

游园不值

〔宋〕叶绍翁

应怜屐齿印苍苔，

小扣柴扉久不开。

春色满园关不住，

一枝红杏出墙来。

　　主人该是爱惜绿苔藓，要独赏春色，就是不肯开门。但是春色哪里关得住，尤其红杏调皮，从墙头探出头来打招呼呢。

　　中国的古诗词总是显得那么意味深长，"一枝红杏出墙来"，自然是不甘寂寞，拟人的修辞手法可谓常用常新。主人不在家，非说他是小气不开门，不肯让别人踩自家青苔，不肯让别人看自家满园春色。前两句这么皮，后面再写红杏的憨态就很自然了。将物赋予人情，一切都写活了。

应怜屐齿印苍苔：古人爱穿的屐就是现在的拖鞋吗？

"应怜屐齿印苍苔"，听起来，"屐齿"似乎是一种很厉害的东西，主人怕它伤害了青苔，因此就不开门。

屐，就是木底鞋。鞋面如果是帛做的，就是帛屐，如果是牛皮做的，就是牛皮屐，有些还系带子固定脚面。现在日本人还很爱穿屐，只是鞋面基本采用夹脚式。屐齿，就是木底鞋底上的横杠或是木钉，这样鞋不至于太滑。《世说新语》里多处提到屐。王述居然不知道吃鸡蛋要先剥壳，于是拿筷子一个劲儿地戳，鸡蛋又圆又滑，没能戳中，王述就急了，把鸡蛋往地上使劲儿一掷。谁知鸡蛋不但没有摔碎，还在地上乱转。王述不信自己对付不了它，于是下了榻，套上屐，用屐齿碾压之。

这件小事不但将人物写得活灵活现，而且还反映出当时生活的种种细节。比如居家的时候士大夫就穿屐，再比如屐齿的确是一件很有"杀伤力"的武器。

晋人貌似特别爱穿屐，除了《世说新语》，一些记载晋人言行的书中也经常出现屐的身影。《晋书·谢安传》写得非常传神。里面记载，前方在打名垂青史的淝水大战，后方东晋宰相谢安指挥若定，派自家侄子谢玄出征，自己在家下棋。战报到了，谢安看了，将信一合，随手放在榻上，浑若无事，表情动作都没啥变化，继续下棋。客人却忍不住问情况怎样,谢安这才慢吞吞答了一句:"小儿辈遂已破贼。"说,小辈们已经打赢了。好不容易把棋下完,送走了客人,谢安赶紧返回内室,想再仔细瞧瞧捷报,谁知过门槛儿的时候忘了抬脚,把鞋底的屐齿给绊断了。

由此还可以推断,屐齿应该是另外装上去的,不是整块木板一体成形雕成的,否则也不会被门槛儿磕下来。

确实,屐齿不但是后装上去的,还可以拆卸。著名的山水诗人谢灵运最喜欢探险,哪里幽深险峻,他就到哪里去。作为当时的职业登山家,他就穿着底齿可拆装的屐去爬山。上山时去掉前面的齿,下山时去掉后面的齿。这样就把山势找平了,上下山均如履平地。这听起来非常神奇,仔细想想,似乎不太合理。主要是山势的角度哪里能够一样,如何做到仅通过调整屐齿就将山地

屐

变为平地呢? 不过这起码说明了屐的使用十分广泛, 还能当登山鞋用。谢灵运发明的屐有多种美称, 比如寻山屐、山屐、康乐屐、登山屐、登临屐、谢公屐、谢公山屐、谢公登山屐、谢公双屐、谢屐、谢氏屐、游山屐、灵运屐……有这么大一堆别称, 可见大家对这种屐都很感兴趣。

日本女性身着和服, 脚夹木屐款款而行的身影是典型的和文化意象。中国著名美女西施的传说中, 屐也有重要位置。西施被送给吴王之后很是得宠, 吴王为此干了很多劳民伤财的事。其中一件就是将花园长廊的地下挖空, 放进大缸, 上面再铺木板, 作为西施的舞场。西施就穿上缀满铃铛的裙子, 踩上木屐, 在长廊上起舞。屐齿击地, 大缸回鸣, 再配上铃铛清脆, 吴王可获得视觉与听觉的双重享受。西施所跳的是响屐舞, 那条长廊名为响屐廊。

中国人就这么踏着木屐踢踢踏踏地涉过了历史的泥泞, 留下屐齿痕迹的又何止是苍苔, 更是整幅中国文化画卷。

浣溪沙

〔宋〕晏 殊

一曲新词酒一杯，去年天气旧亭台。夕阳西下几时回？

无可奈何花落去，似曾相识燕归来。小园香径独徘徊。

　　词的上阕是追叙，回忆去年的赏心乐事，是通过看到聚会的旧池台和眼前夕阳西下的景物引起的，大有物是人非、旧景难再重现的叹喟。其中隐含着与此相关的人事变迁。词的下阕开头两句"无可奈何花落去，似曾相识燕归来"是脍炙人口的名句，这两句不仅是写惜春情怀，也不仅是抒写旧宾客不来的落寞，而且寓有深刻的哲理。"花落去"与时光的流逝是不可抗拒的自然规律，所以说无可奈何；但有去就有来，那似曾相识的燕子，不是又飞来了吗？前者是惋惜，后者是欣慰，二者交织，蕴含着深刻的生活哲理。结句"小园香径独徘徊"便是在惋惜、欣慰、怅惘之余的独自反思。

去年天气旧亭台：楼和台有什么区别？

严格来说，楼和台是两种建筑。楼通常是指两层以上的建筑，中国古建筑基本都是木结构的，有楼也不会太高。台呢，就是一块比周边高的地方，通常垒土为台，或者堆石为台。用土夯出几十米的高台，人工制造一个高处，基本上是为了观测情况。比如烽火台，一方面为了观察敌情，另一方面方便传递消息。台上还可以再修楼，高上加高。不过也有不那么高的，只是修整出一大块平地，比如月台。西湖十景里的平湖秋月，其实就是一块亲水平台，站在上面，迎面正对湖际开阔之处，秋月圆亮，缓缓升起，水面平静无波，倒影历历，天上人间，心旷神怡。

三国鼎立时，曹操打败了袁绍后，开始建设邺都，修建了铜雀、金虎、冰井三台，就是史书中常提到的"邺三台"。每个台都有十丈高，上面修建了一百多间屋子，名士毕集，是建安文学的发祥地。东汉末年，一大批文学家，如曹操、曹丕、曹植、王粲、刘桢、陈琳、徐干、蔡文姬、邯郸淳等人，将邺三台作为集聚地，用自己的笔直抒胸襟，抒发渴望建功立业的雄心壮志，反映社会现实和人民生活，掀起了我国诗歌史上文人创作的第一个高潮。由于其时正值汉献帝建安年代，故后世称为"建安文学"。

邺三台吸引了历朝历代的名人为之题咏，其中最有名的就是铜雀台了。曹植、曹丕都写过《登台赋》，蔡文姬在上面唱过《胡筑十八拍》，杜牧的"铜雀春深锁二乔"更让铜雀台从此成为访古悼今的场所。

明末时，漳水大发，三台被冲得七零八落。到现在，只有两个不甚高的土堆了。当年盛景，只能从历史文献中推想了。

相比铜雀台，陕西的凤凰台算是保存得相当完好了。相传，秦国迁都咸阳后，秦穆公的女儿弄玉与女婿萧史经常在高台上笙箫合鸣，引来了凤凰与龙，夫妻双双遂乘龙跨凤而去。这座高台就是凤凰台，现在陕西咸阳市区。

李白有名句："凤凰台上凤凰游，风去台空江自流。"诗名是"登金陵凤凰台"，这里的凤凰台不是指陕西这座，金陵是南京，南京也有凤凰台，据说当年曾有好多只凤凰在此栖息。如今南京凤凰台也几乎看不见全貌了。

商纣王在鹿台自焚；传说为博美人一笑而亡了国的周幽王点燃的是骊山烽火台；令陈子昂"前不见古人，后不见来者。念天地之悠悠，独怆然而涕下"的是幽州台；李贺念念不忘要"报君黄金台上意"的是燕昭王所筑的河北黄金台；韩信在拜将台点兵；传说包公将坏人推上断头台；老师在讲台上给学生传授知识……

中国历史上闪现着各种各样的台，人们居高台，观天下，题咏怀古。

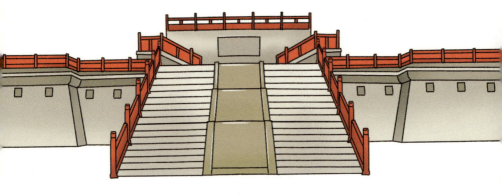

台

元 日

〔宋〕王安石

爆竹声中一岁除，

春风送暖入屠苏。

千门万户曈曈日，

总把新桃换旧符。

  此诗四平八稳，有叙事，有描写，有细节，有总结，有展望，有寓意，有哲理，既写出了百姓生活和民间喜乐，也隐喻了庙堂变革，抱负之雄。古代写诗词其实也是一种朋友圈发布，王安石此诗写于新年之际，正好向全天下昭告除旧布新的改革春风已经吹遍神州大地。此时的王安石满腔热血要实现改革方案，何等意气风发，满怀自信。

  这首诗堪为百代典范。由爆竹除岁引入春风送暖，既有时间上的衔接，也有风俗上的铺展，同时还非常明确地点出了去旧迎新之意。后两句用曈曈日映照新桃，揭示出新事物的好处，点出千家万户都到了换下旧桃符的时刻，号召大家一起迎接新年的曙光。诗中所用意象明确，同时又推陈出新，句句有内容，字字有所指。

总把新桃换旧符: 桃符是什么?

桃树是中国的原生物种, 在中国文化里具有特殊的意义。王母娘娘举行的是蟠桃盛会, 麻姑献寿捧上的是寿桃, 都是寓意吉祥的东西。桃花美丽且丰繁, 还能结出好吃的果实。而桃木, 则是中国人避邪驱恶专用木材。《风俗通》记载: 上古时, 海上有座度朔山, 山上有株大桃树, 枝干盘绕, 树的东北方叫鬼门, 有鬼怪出入。入门处有门神, 分别叫神荼、郁垒, 负责鬼怪的审察, 会把作恶鬼捆起来投喂给猛虎。因此, 桃木成了避邪之木, 后世又出现桃木剑、桃木板、桃木印、桃木床, 等等。如《聊斋志异》里的道士作法时, 都要手持一把桃木剑。

最早的桃符是两样东西, 一样是桃, 另一样是符。桃是桃木雕成的人像, 符是在大门板上画上神荼、郁垒、猛虎的形象, 并悬挂绳索, 成为一个喻义完整的符号, 象征着将不吉之事拒之门外, 如果恶鬼胆敢前来, 就请两位门神用绳索将之擒拿, 再加上门边立着桃木人像, 更是万无一失。

据说桃木人像和门符最早是黄帝下令立的, 后来桃与符渐渐合二为一, 成为桃符。所谓桃符, 就是桃木做的小木板, 上面刻着、画着或印着一些寓意吉祥或避邪的图案。至少到汉代, 中国人已经有在门口两旁悬挂桃符的习俗。桃符悬挂在大门边上, 一年下来, 经历风吹雨打日晒, 不免黯旧, 趋吉避凶的功能可能会有所减退，也影响美观，因此就要更换。大年初一取下旧的桃符，换上新的桃符，就成了家家户户的必行之俗。

唐太宗索性将门神换成自己熟悉的大将尉迟恭和秦琼，民间流传起了两将守门、梦中邪魔全消的说法，从此门神换了形象，更加亲切。

王安石是北宋人，他写"总把新桃换旧符"的时候，中国的桃符文化已经发展了上千年。到了宋代，雕版印刷技术非常成熟，桃符变得更为小巧、多样。南宋陆游曾有诗："半盏屠苏犹未举，灯前小草写桃符。"说明陆游家的桃符是他自己手写的。

由于家家户户大年初一都要换上新的桃符，制作桃符也逐渐成为一个产业，出现了专门的桃符艺人，按各户喜好，可以现画现卖。随着时代的发展，大家对于细节越来越不讲究。在桃木板上画个门神，画朵桃花，写几个字都行。继而人们也不一定挂桃符了，在门板上贴个印刷品也行，桃符艺人随之逐渐演变成了年画艺人。天津有个地方叫杨柳青，出产各种各样的年画，其中当然也包括不同造型的门神像，这些都是印刷品，雕块木板，套上色，印多少都行。

今天，挂桃符在大部分地区演变成了贴春联、贴福字。大家把美好的祝愿写在春联上，贴在门旁，那就是春到福到了。

无论是新桃换旧符，还是新联换旧联，总之是取下旧的，换上新的。人们对于新一年美好生活的向往，几千年来从未改变。

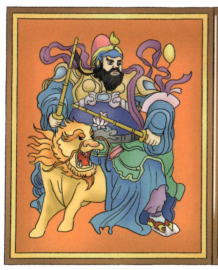

书湖阴先生壁

〔宋〕王安石

茅檐长扫净无苔，

花木成畦手自栽。

一水护田将绿绕，

两山排闼送青来。

　　此诗看上去是写景，实则处处都在写人。前两句中"茅檐"说明居处简朴，正是主人"德"的表现。"长扫净无苔"则说明主人生性雅洁，保持居处整洁无苔也喻示着主人的品质高洁。成畦的花木都是亲自栽种，耕读之乐不言而喻。

　　后两句各用一个拟人手法，前句用"护"，后句用"排"，一稳一鲁，一柔一刚，毫无斧凿痕迹，读来意趣横生。

　　这首诗很能反映王安石的诗作风格，看上去简单朴素，似随手写来，实则构思精巧。

两山排闼送青来: 闼是什么?

　　《书湖阴先生壁》中有一个不太常用的汉字"闼(tà)"。闼是小门,语出《汉书·樊哙传》:"高帝尝病,恶见人,卧禁中,诏户者无得入群臣。群臣绛、灌等莫敢入,十余日,哙乃排闼直入……"说的是刘邦生病,又逢黥布造反,心情恶劣,意气消沉,躺着不起来,不想见人理事,命令看门的谁也不许放进来。樊哙于是拿出闯鸿门宴的劲头,推开门直接就闯了进去,看到刘邦躺在宦官的肚子上不起来,就把主上一通说,刘邦就笑着起来理事了。黄庭坚《题樊侯庙二首》里写道:"鼓刀屠狗少时事,排闼谏君身后名。"就是讲的这件事,用的这个典。

　　这里的"排闼"就是推门,"排"是个动词,意思是"推";"闼"意思可能是通往刘邦寝宫的最后一道门。"两山排闼送青来",山是雄浑的,的确可和樊哙的豪气相提并论。两边的山直接推开门就把青色送入屋内,和樊哙直入寝殿送上劝谏有异曲同工之妙。山色推门逼人来和前句柔情脉脉的"一水护田将绿绕"正好互为衬托。

　　"闼"基本就是门的意思,但是也有细微的差别。《诗经·齐风·东方之日》有句:"东方之月兮,彼姝者子,在我闼兮。"意思是月在东天,那位美丽的姑娘,在我房间里。"在我闼兮",在我的门里边儿,这不就是在房里吗?张衡《西京赋》里写:"上飞闼而仰眺。"登上一处"飞闼"然后抬头远眺。揣摩意思，"飞闼"应该指的是高处的房间吧，结合上下文，那就是门楼上的小阁。这两处"闼"都只能作"房间"解，否则就说不通了。

古诗词中还大量出现一个意象——"青琐闼"。"青琐闼"指的是宫门，"闼"还是门的意思，"青琐"就有意会的成分了。皇宫门窗大多饰以青色的连环花纹，这就是"青琐"，纹着青琐的门便是宫门，后来也引申为富贵人家的大门。继续引申下去，这个门不仅仅是物理和空间意义上的门了，还是门第、门户的意思。另外，紫闼、省闼也都指的是宫门。紫色是帝王之色，紫闼指宫门。以前中央诸省设于禁中，因此省闼也是指宫门。

"闼"作为门户之意，在诗词中作动宾结构时，"排闼"是最常用的组合了。但是如果在前面加上形容词，那就各尽其妙了，如绣闼、禁闼、琐闼、闺闼、轩闼、夜闼……无论是哪一种，通常都不是指小门小户家的柴扉，而是和"排闼"的典故有关，指的是高门大户的门户。

虽然我们不太清楚湖阴先生的完整生平，但能够与王安石比邻而居，多有酬唱的，一定不会是白丁。王安石既能用"排闼"之典，就揭示着湖阴先生杨德逢身份不低。

定 风 波

〔宋〕苏 轼

三月七日，沙湖道中遇雨，雨具先去，同行皆狼狈，余独不觉。已而遂晴，故作此词。

莫听穿林打叶声，何妨吟啸且徐行。竹杖芒鞋轻胜马，谁怕？一蓑烟雨任平生。

料峭春风吹酒醒，微冷，山头斜照却相迎。回首向来萧瑟处，归去，也无风雨也无晴。

苏轼此词真是洒脱之至！"同行皆狼狈，余独不觉"写出了苏东坡一生笑对生活的秘诀："不觉"耳。心大，自然"也无风雨也无晴"。

"谁怕？一蓑烟雨任平生。"苏轼一生历经波折，然而他每每苦中作乐，除了一双发现趣味的眼睛，更得益于一颗"谁怕"的大心脏。不就是"穿林打叶声"，谁怕啊，我自有竹杖芒鞋绿蓑衣，野外徒步装备齐全，来再多风雨也不过是"任平生"。

料峭春风微冷，没关系，山头斜照已来相迎。一个"却"字，转折出希望与温暖，这般通透，这般乐观，读来使心中万千块垒都化为吟啸，畅快至极。"回首向来萧瑟处，归去，也无风雨也风晴。"苏轼用其大智慧点明了人生哲理：自然界晴雨变化无常，人生亦是如此，不如乐观对待。

一蓑烟雨任平生: 古人的雨衣和雨帽是什么样子的?

张志和的词里有名句:"青箬笠, 绿蓑衣, 斜风细雨不须归。"苏东坡爱得不得了, 他将张志和词意化入了自己的创作, 写出了"自庇一身青箬笠, 相随到处绿蓑衣", 一样的潇洒自如, 意态悠然。

"箬"看部首可知和竹子有关。"箬"就是竹子的一种, 这种竹子竿子细小不堪用, 但是叶子阔大, 用途广泛。我们常用箬叶来包粽子。除了包粽子之外, 箬叶还可以入药、编席子、做帽子、当包装纸。

箬笠就是用竹篾和箬叶编成的尖顶帽子。用特制的竹刀将竹子劈成一条条薄片, 再经过打磨等工序将其制成篾片。但是光用竹篾编的帽子有空隙, 不防雨, 还要将箬叶一起编入, 密密覆盖。于是一个有着尖尖顶、宽宽檐的覆叶竹帽就做好了, 形状很像外国的巫师帽。这帽子不但防水挡雨, 还轻便美观。

青箬笠, 就是青色的笠帽, 这说明帽子刚刚做好, 篾片和箬叶上的青色还未褪去，想必有一股竹林的清香，幽幽绕鼻，配合新雨微尘，可以旷心怡神。

有了雨帽，还需要雨衣，这就是蓑衣了。先秦时代就有蓑衣，工艺和现在差不多，分上下两身。上身是一个硬挺的斗篷状披风，下身则是一片围裙，配合箬笠穿戴，全身防雨防雪。

蓑衣的制作材料很多，南方可以用稻草、蓑草，稻草的防水效果一般，蓑草比较致密坚实，成品比较精致。北方用龙须草或者是蒲草，这两者都是既韧且坚，很适合编蓑衣。但是最耐用的，还是棕毛所编，将棕榈树上的毛须扯下来，卷编成形，防水效果非常好，就是有些粗糙。还有一些比较简单的，将箬叶串在一起，也能勉强挡雨。

绿蓑衣和青箬笠一样，是绿色的，也表示刚刚制好，草还是绿的。旧草难免有些陈腐的气息，再加上淋了雨，霉霉的气味会令人不适，但是新制的就不一样了。

蓑衣、箬笠是耕田的农人、钓鱼的渔翁等下里巴人的常用装备，防雨防雪，简单易得，自编自用不费钱。文人骚客不嫌其简陋，反而将它们当作风雅之物。富贵公子贾宝玉也戴它："头上戴着大箬笠，身上披着蓑衣。"

江城子·乙卯正月二十日夜记梦

〔宋〕苏 轼

十年生死两茫茫，不思量，自难忘。千里孤坟，无处话凄凉。纵使相逢应不识，尘满面，鬓如霜。

夜来幽梦忽还乡。小轩窗，正梳妆。相顾无言，惟有泪千行。料得年年肠断处，明月夜，短松冈。

开头三句，"茫茫"二字传达出了一种莫可名状的空寂凄清之感。"两茫茫"，生者和死者，一样的情思，一样的哀绪。这里将无知作有知写，虽系凭空悬想，却更见夫妻二人相知相爱之深、相思之切，以及相思而不得相见之痛，感情凄婉、沉痛。"千里"数句把现实与梦幻混同了起来，这时作者才四十岁，已经"鬓如霜"了。下片开头记叙，写自己在梦中忽然回到了故乡，在那个两人曾共度甜蜜岁月的地方，又见到了亲切而又熟悉的面容。相对无言，更体现出分别的悲凉。接着回到现实，推己至人，作者设想此时亡妻一个人在凄冷幽独的明月之夜的心境，可谓用心良苦。

小轩窗，正梳妆：小轩窗是一种什么样的窗子？

"小轩窗，正梳妆"，梦回家乡，只见明窗之下，当年的新嫁妇正在梳妆。

"轩"字本来是高的意思。管宁割席，是因为华歆废书出门围观"乘轩冕过门者"，华歆看的是坐在高大车厢里戴着高帽子的贵人。四周都有窗的小屋子也叫轩，归有光的《项脊轩志》就是写家中一个四面是窗的小阁。继而引申，轩也有门和窗的意思。

"小轩窗"就是指开得高高的、明亮的小窗子。梳妆得在采光好的地方，有光线才能看得清，才好描黛点唇。

住在一个没有窗的地方，会令人感觉非常不舒适。因此，哪怕是先民简陋的屋子，也会想方设法开窗。人类最早的住宅，干燥的地方采用穴居，在穴顶凿洞，谓之囱，其实就是天窗；潮湿的地方采用干栏式建筑。后来人们建房屋居住，便在墙上开窗洞，谓之牖（yǒu）。有了窗，屋内才与外界贯通。窗不但有实用功能，还有审美功能，窗子是一个天然的取景框，人们尽量把窗子造得美观，与窗外的景致相映成趣。

最早的窗子就是一块可以活动的木板，开窗就把木板移开，关窗就把木板关上。后来发展成支窗，就是一块可以往外推开的木板，开的时候就拿个棍子支上，关的时候取下棍子，窗板就像个盖子一样把窗洞给盖住了。潘金莲和西门庆的最初相遇就和支窗有关。潘金莲开窗子，不小心把支棍掉了下去，正好落在西门庆的头上，西门庆一抬头，就见着了正用手支着窗子的潘金莲。

后来大家希望窗子关着的时候也能有光线进来，于是出现了空窗，在窗板上挖出一个空洞，为了挡住风及灰尘，可以在空洞上糊上半透明的薄纸。玻璃普及之后，就安上了玻璃。

在某些园林中，还会安装漏窗。漏窗不能开合，它的主要作用是让外面的风景"漏"进来，或者是让里面的情形漏出去，相当于一个取景框，审美的作用更大。漏窗有各种造型，圆的、扇形的、菱形的，不一而足。而且漏窗常常不是空窗，而是在窗中用

支窗

木条镶嵌组合出各种几何造型, 叫作花窗, 窗子本身就具有很高的审美价值。

除了开在墙上的窗子之外, 天窗也继续被广泛应用。开天窗对于工艺的要求比较高, 还不能让雨、雪、灰尘等进入, 于是古人就装明瓦, 用具有透光效果的云母片等磨成瓦片, 铺在房顶上, 形成透光效果。

窗子的开合方式也是各种各样的, 除了上面说到的支窗之外, 还可以整个摘下来再装上去, 还可以左右开阖, 向里拉动或是向外推动, 还可以通过平移打开或关上, 还可以做成折叠窗, 好几副窗通过滑轮折叠打开。

从建筑成本来说, 窗子不便宜, 越是奢美的房子, 窗子越大越讲究。好房子不但讲究要将门与窗的款式相配, 还要将窗与窗外的景致相配合, 甚至窗子本身就有着非常精美的设计。

不同用途的房子所安的窗子有着不同的款式。通常闺房的窗子都开得比较高, 比较小, 所谓"小轩窗"。但是书房, 尤其是靠水的书房的窗子就开得比较大, 比较低, 甚至用窗当作墙, 形成一个轩。客厅里常常会使用地坪窗, 就是可以整扇打开的落地窗, 白天打开, 晚上合上, 门窗合一。

中国传统建筑中的窗子真可谓款式繁多, 美不胜收, 能够在窗子与建筑之间形成如此和谐互补的审美关系, 中国人独擅胜场。

文氏外孙入村收麦

〔宋〕苏 辙

欲收新麦继陈谷，赖有诸孙替老人。

三夜阴霪败场圃，一竿晴日舞比邻。

急炊大饼偿饥乏，多博村酤劳苦辛。

闭廪归来真了事，赋诗怜汝足精神。

苏辙晚年不仅官场失意，甚至成为朝廷重点监管对象，一举一动都有人监视。他索性认认真真当起农夫来，除了庄稼与天气，真正两耳不闻窗外事。

"三夜阴霪败场圃，一竿晴日舞比邻"运用了对比手法。诗人把"三夜阴霪"和"一竿晴日"进行对比，用环境的变化来突出外孙入村收麦的喜悦之情。"败"突出了天气给农人带来的忧虑，"舞"突出了农人收获时的喜悦之情。用词生动形象，寓有内涵。

"急炊大饼偿饥乏，多博村酤劳苦辛。"诗句没有直接描写麦收场景，而是通过家里人忙着做饭、忙着酤酒的场面来间接刻画收麦劳动的艰辛和劳苦，表达了诗人的感激之情。

全诗语言活泼，充满风趣，表达了诗人洒脱的胸怀和远离官场的态度。

急炊大饼偿饥乏：炊饼、汤饼、索饼都是什么样的饼？

苏辙见到心爱的外孙跑来收麦，既开心又心疼，赶紧准备大饼给劳作了一天的外孙吃。北宋时的大饼是什么样子的呢？文氏外孙到底吃到了什么？

我们现在说的饼，是指面粉制成的扁扁圆圆的食品，但是宋时的饼，是指一切面食。比如汤饼，就是面片；炊饼，就是实心馒头；索饼，就是面条。总之，一切面制品都可以称为饼。

武大郎烧饼很有名，但在最早的版本中，武大郎卖的是炊饼。炊饼其实就是蒸饼，但是宋仁宗叫赵祯，名字音同"蒸"，为了避讳，于是把蒸改成了炊，蒸饼也就成了炊饼。蒸出来的面制品，根据常理推测，现代人觉得应该是馒头。武松离家前，曾这样嘱咐哥哥："你少在外面，早点回家。原先做炊饼十扇笼，以后只要做五扇笼。"扇笼就是蒸笼，这也可见武大郎的饼是蒸出来的，应该就是实心馒头。宋代黄庭坚在《涪翁杂说》里提到过："起胶饼，今之炊饼。"起胶饼就是经过发酵的面食，结合这一条，炊饼是发酵过的实心馒头应该可以坐实了。

东京市民非常爱吃炊饼。据《东京梦华录》记载，清明节出游，开封市民都带上枣粥、炊饼与鸭蛋。《上庠录》也曾说到，每逢三、八课试的日子，太学与国子监的食堂就例行加餐，春秋两季加炊饼，夏天是冷淘，冬天是太学馒头。这里出现了三样加餐食品，炊饼、冷淘和太学馒头。炊饼是实心馒头，冷淘是什么，历来争论不休。太学馒头又是什么呢，可以到太学生的诗作里去找找看。岳珂曾有一首写太学馒头的诗："几年太学饱诸儒，余技犹传笋蕨厨。公子彭生红缕肉，将军铁杖白莲肤。"喔，太学馒头原来就是肉包子，红缕肉是红红的肉馅，白莲肤是白白的面皮。孙二娘开个黑店，卖"人肉馒头"可以推知，宋时说馒头就是指有馅的包子，说炊饼就是没有馅的实心馒头。

蔡京的儿子蔡绦在《铁围山丛谈》里说："祖宗故事，诞育皇子、公主，每侈其庆，则有浴儿包子，并赉巨臣戚里。包子者，皆金银大小钱、金粟、涂金果、犀玉钱、犀玉方胜之属。"可见那时也有叫包子的，图个吉祥如意的好彩头。

至于汤饼，顾名思义，就是放汤的面制品，那只能是面皮、面条或面疙瘩之属。之所以推测汤饼最早是放汤的面片，是因为后来又出现了煮饼、索饼这些词。《释名疏证补》中说："索饼疑即水引饼。"同时《齐民要术》又记载了"水引"法：即先用冷肉汤调和用细绢筛过的面，再揉搓如箸大，一尺一断，盘中盛水浸。宜以手临铛上，揉搓令薄如韭叶，逐沸煮。这不就是现在的手擀宽面吗？既然索饼是面条，那汤饼估计就是面片儿汤了。

至于现在意义上的"饼"，宋时自然也是不缺的，有炸的油饼、烤的烤饼，有夹着各种馅儿的，还有做成各种造型的。南宋时市面十分繁荣，锅贴和煎饺都已经出现了，南宋的面食品种极为繁多，在沿袭北宋的基础上，南宋面点师又推陈出新，制作出许许多多的新品种，如梅花包子、笋蕨馄饨、灌浆馒头、薄皮春茧包子、虾肉包子、肉油饼、糖肉馒头，等等，甚至推出了以糯米为原料的各种糕点，如栗粽、糍糕、豆团、麻团、汤团、水团、糖糕、蜜糕、栗糕、乳糕等，连米线也出现了，当时称为米缆。

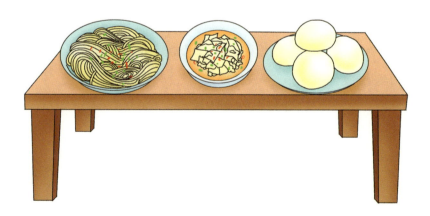

行 香 子

〔宋〕秦 观

树绕村庄，水满陂塘。倚东风，豪兴徜徉。小园几许，收尽春光。有桃花红，李花白，菜花黄。

远远围墙，隐隐茅堂。飏青旗，流水桥旁。偶然乘兴，步过东冈。正莺儿啼，燕儿舞，蝶儿忙。

秦观这首词写得清丽可人，选取了一些常见的乡村景物，描绘了春天的美好。花红柳绿的时节，万物生长，诗人在村中悠闲地散着步。词写的是寻常春色，家常景物，轻描淡写，自然喜人。全词胜在炼字造句，平常里见功力，不用写任何特别之物之情，读来流畅至极。全篇充满活泼轻快之感，字里行间全是感染力，让读者也不由得轻松愉快起来。

行香子这个词牌名最初的由来就是拜佛上香时唱的小调，节奏明快，唱起来音节响亮，且有回旋之感，秦观用它来表达轻快之感，的确是再合适不过了。

飏青旗，流水桥旁：从什么时候起卖酒的店铺挂上了小旗子？

　　青旗其实就是青色的旗子，但是在不同的场合代表着不同的意思。在大部分诗词中，青旗代表着酒家。

　　古时的卖酒之所常悬挂着青色的旗子，见到青旗，便是见到沽酒之处了。青旗是酒店的招牌。青色是民间常用的颜色，用起来比较安全，青色也比较容易染，制作成本比较低，适合百姓。

　　现在店家的门头上，常常会挂着一个大招牌。但是招牌出现

的年代其实并不早，宋以后，准确地说是南宋以后，招牌才流行起来。以前的城市设计很有规矩，并不存在满地是小店的情形，商业贸易有专门的地方，大家买卖东西大多在"市"中。整个大市边插着一杆大旗，迎风猎猎作响，远远地告诉大家，这里是个市。一个城里并没有很多个市，唐代长安算是非常繁荣了，也不过是东西两市，而且两市所卖的东西是有区别的。北朝民歌《木兰诗》里写道："东市买骏马，西市买鞍鞯。"市的边上用大旗作为标识，市里面的小摊小店就不需要招牌了。

但是有一个行业除外，那就是卖酒的小酒肆，无一例外挂着一面小旗子。《韩非子》中云："宋人有酤酒者，升概甚平，遇客甚谨，为酒甚美，悬帜甚高。"这里的宋不是宋朝，是先秦时代的宋国。文中说，宋国有个卖酒的，分量给得足，对待客人态度很好，酿的酒也很美味，因此能够将旗子挂得很高。这说明韩非子的时候，酒肆就已经开始挂旗子了，而且悬挂旗子的高度和店家的美誉度有关。

古时酒家或者酒肆就是专门卖酒的，卖饭食的另有所在。卖饭食的大多是客栈的附属服务，客人前来住店，顺便用餐。当然也有专门卖饭食的，但当时的饭店业不像现在这么发达，随便走进一家就能凉热俱全。当时物资供应紧张，厨师手艺也有限，能够做出各种饭食的馆子非常少。因此卖饭的地方多半会悬挂幌子，从幌子上可以看出店内卖的是什么品种的饭食，使客人不至于走错地方。

太史公在《司马相如列传》中讲过一个才子佳人的故事。大才子司马相如和大富翁卓王孙的女儿卓文君因为音乐相知相爱，并且从繁华的临邛（qióng）私奔回成都，但司马相如家非常穷，家徒四壁。《礼记》上说："奔则为妾。"女子私奔的不能当正妻，只能当妾，算是一个丑闻。卓王孙非常生气，自己的女儿居然跑去给一个穷人当妾，当父亲的不忍心杀女儿，但可以一分钱的财产都不分给她。小夫妻穷得难以维持生计，又回到临邛，把车马卖了，买了一家酒舍。卓文君当垆站着卖酒，就是站在土堆成的柜台后面当酒保。而司马相如就穿着大短裤，和下人一起洗碗。酒舍的小旗子在卓王孙眼前招展，卓王孙实在受不了，只好分了女儿不少财产。于是卓文君和司马相如又回到成都，买屋置地，过起小日子。

杜牧写过"水村山郭酒旗风"，还写过"牧童遥指杏花村"，两句都是指见到了乡村酒馆。现在山西汾酒有著名品牌"杏花村"，因山西有一个杏花村，从南北朝时期就以酿酒著名，村中酒舍最多时有几十家，于是取了一个品牌名叫"杏花村"。但是杜牧生前从来没有去过山西，他笔下的牧童遥指的不可能是山西杏花村，杜牧所写是安徽池州的杏花村。不过，从这两句诗之后，酒旗风、杏花村就成了酒馆的代名词。

文人历来好酒，有关"青旗沽酒"的诗词名言层出不穷。白居易在杭州"青旗沽酒趁梨花"，辛弃疾"青旗沽酒有人家"，萧遘"青旗问沽酒"……虽然没有了当垆的文君，然而长卿的诗情却是从来不缺。

苏 幕 遮

〔宋〕周邦彦

燎沉香，消溽暑。鸟雀呼晴，侵晓窥檐语。叶上初阳干宿
雨，水面清圆，一一风荷举。

故乡遥，何日去？家住吴门，久作长安旅。五月渔郎相忆
否？小楫轻舟，梦入芙蓉浦。

周邦彦是杭州人，游宦开封，这就是所谓的"家住吴门，久作
长安旅"。吴门其实是江苏一带，这里指江南；长安本是西安，这里
泛指北方。

荷花南北都有，但是杭州西湖的风荷是地方风物的一大代表，
曲院风荷作为西湖十景之一，在宋朝时就非常有名了，足可以引发
游子的思乡之情。和莼鲈之思一样，家乡的荷花也是他乡所不能取
代的。

全词构思精巧，描绘生动。"水面清圆"，荷叶表面毛茸茸的，水
珠在上面都凝成一粒粒圆滚滚、亮晶晶的珠子，风吹过来，荷叶摇
摆，水珠子也闪着银光。"举"字描绘出荷花亭亭玉立的姿态美。

全词最后以梦境作结，虚实结合，更加突出作者的思乡之情。

燎沉香，消溽暑：沉香是怎样形成的？

"燎沉香，消溽暑"，点起沉水香，祛除湿闷的暑气。

沉香又叫沉水香、沈香、水沉香，其实是树所结出的一种气味芬芳的增生组织。但不是所有的树都能够结出沉香，只有很少的几个树种才可以，比如橄榄树、香樟木等，都是本身就带有浓烈香味的树。即便是特定的树种，如果不到一定的树龄也结不出沉香，起码得有三十年以上的树龄。这些特定的老树如果被虫啃咬出了深洞，或者被刀砍斧削伤到了木质，就会分泌出树汁进行自愈。如果很快自愈了，那也结不出沉香，必须得伤口被霉菌感染，久久不愈，树受了刺激，大量分泌汁液，乃至树脂，逐渐凝结成块，这才是沉香。结香的过程十分漫长，小小一块沉香需要少则几年，多则上百年的时间。

沉香是树的精华，它的密度很大，有些可以沉入水底，因此叫沉香。古人把它按密度分成三类，投水即沉的叫"沉水"，半沉的叫"栈"，沉不下去的叫"黄熟香"。

自然形成的沉香实在太少。香树本来就不多，又要生长年份足够，还要产生深深的伤口，还要被霉菌感染，缺一个条件，就长不出沉香。而香树自带的芳香味本来就有驱虫的功效，要引得虫来咬一个深洞简直太难得了。因此古代沉香可遇而不可求，比黄金价高多了。现在人们掌握了沉香生成的原理，开始刻意制作沉香，但是产量还是非常少。

沉香生成受太多因素的影响。树种的差异、受伤部位的不同、伤口的大小深浅、感染霉菌的种类、结香的年份，甚至风霜雨露，经过的虫蚁，都能产生影响，导致成品的颜色、气味、形状、密度、可燃性相差很多。不过，无论哪一种，都是大自然与时光的产物，都很珍贵。

人们把产生沉香的木头叫作沉香木，也拿来制香。能产生沉香的木头本身就是生长多年的香木，比沉香的产量要大，相对来说是比较好的制香原料。真正的沉香，人们多留着欣赏把玩，雕下来的屑制成可以燃的香，也会珍藏着，不肯轻易拿出来点燃焚烧，否则真的太奢侈了。沉香体积都不大，大多只有拇指大小，上百年的凝结，几分钟就焚尽了，哪怕是石崇、王恺这等富豪也是烧不起的。

汉以前，中国人就有斗香的雅文化，古人常说"沉檀龙麝"，指的是四大珍贵的香料：沉香、檀香、龙涎香和麝香，沉香为首。沉香可以制成线香、香屑、香丸、香精油等。沉香历来就是众香之首，不仅因为它稀有珍贵，更重要的是它含有大量的树脂，香味极其悠长，留香长久。沉香本身还是一种不可多得的药材，具有平喘止痛等多种功效，加上独特而具有穿透力的香味，人们认为沉香具备辟邪、除秽、醒脑、养生等实用功效，因此可以用来"消溽暑"。夏天天气又闷又热，异味难闻，点一支香中王者，瞬间清静了。

人们还认为沉香与佛有缘，主要是因为沉香有让人静定的作用，可以起到平心静气的作用。在念佛打坐时点上沉香，会觉得注意力更集中，有助于修行。

　　古人喜欢用香，不同的时候用不同的香，各有讲究。沉香作为香首，可用的地方很多。有地位的人会用它熏衣物，盛夏点来清净空气，睡觉的时候用它安神，念佛的时候用它静心。

香炉

游山西村

〔宋〕陆 游

莫笑农家腊酒浑，丰年留客足鸡豚。

山重水复疑无路，柳暗花明又一村。

箫鼓追随春社近，衣冠简朴古风存。

从今若许闲乘月，拄杖无时夜叩门。

　　陆游这首七律写得实在工整，用字对仗，谋篇布局，无懈可击。题目中用"游"字点题，全诗就不再出现"游"这个字了，然而字字词词句句都在写游，所见所想所悟所期待，都是游之所得。

　　颔联"山重水复疑无路，柳暗花明又一村"乃千古名句，朗朗上口，暗含哲理。走着走着没路了，拨开挡着的柳条又见一个村子，诗人别有深意，另有所指。读者不由自主地联想到自己的生活境遇，不觉生出千般解读，百种感叹，也难怪总有解诗人要从这两句去揣想陆游当时的心境。陆游作为一个坚定的主战派，被主和派罢官之后，对于国家前途，对于个人抱负，岂能没有山穷水尽之感。然而作为一个顽强的战士，临死还不忘叮嘱"家祭无忘告乃翁"的奋斗主义者，陆游又岂能让自己消沉，必须找出一条出路，寻出一个"又一村"来。这两句于写景中寓含哲理，具有很高的艺术成就。

箫鼓追随春社近：春社日古人都做什么？

诗中提到的"春社"，其实是一个古代的节日，通常在农历二月的某一天。社是土地公，春社日就是祭祀土地的日子。除了春社，还有秋社，春播秋收，这两个重要的农事季节都要祭祀一下土地公公，感谢关照。

历朝历代的春社没有一个定日，各自择日，自宋代起，以立春后第五个戊日为春社日。

既是社，必有聚集。村民们通常会在村口或某个易于聚集的地方选一棵大树，作为社树，春社日时，大家就在社树下搭起屋棚，左邻右舍聚集在一起，杀些牲畜献祭，敬香跪拜，举行一系列的仪式，孝敬社神，然后一起吃祭过神的酒肉。民间传说春社日喝下的酒可以增加听力，是"治聋酒"。有诗曰："社翁今日没心情，为乏治聋酒一瓶。"说的就是春社的那天，我年纪大了，精力不够，为了解乏，喝了一瓶治聋酒。

春社其实就是给土地公公过生日，民间认为那一天土地公会特别灵验。大家还会在那天酿宜春酒，把勾芒神也一起祭上。勾芒神就是住在东方的木神，古人认为他掌管着春天，能够让草木丰茂，万物生长，是一个主宰农业生产的神。

现在，民间虽然还有"社日"，但在不再举行祭祀仪式后，春社日就被淡化了，慢慢变成了买卖东西的集会，也不限于二月某天，可以几日一社。

不过在一些少数民族地区，这还是一个大节日。比如侗族就会在春社日举办大型的"赶社"活动，大家到野外或者是坪坝这些开阔的地方聚集。社场特别阔大，可以容纳十里八乡的男女老少。大家都盛装出行，带着民族特色冷餐，玩上一整天。现场人头攒动，热闹非凡。有进行买卖的，有看热闹的，有起哄的，有玩游戏的。青年男女则趁机互相邀约，姑娘请后生吃酸鱼肉和糯米饭，后生请姑娘吃糖果，看对眼的就溜到田间、山里去对歌，他所唱的民族歌曲叫"河歌"。春社日唱河歌也是侗族的传统文化，现在贵州龙额侗族自治县会在春社日举行三天三夜的河歌大赛，方圆几百里的歌手都会赶过来一展歌喉，可以想见现场的热闹与欢庆氛围。

春社日其实是给平时辛劳耕作、居住比较分散的自然村落的人们一个集聚欢庆的机会。大家趁机展开群众娱乐活动，是中国式的狂欢节。

卜算子·咏梅

〔宋〕陆 游

驿外断桥边，寂寞开无主。已是黄昏独自愁，更著风和雨。

无意苦争春，一任群芳妒。零落成泥碾作尘，只有香如故。

此词上半阕借物抒情，下半阕托物言志。上半阕写无人欣赏的寂寞，被风雨摧残的哀愁。下半阕笔锋一转，不见愁怨，只见豪情壮烈，拼死留香。

陆游作诗擅长反转，经常诗的前面还在作感怀之吟，写到最后转为鼓舞人心。他曾作过《十一月四日风雨大作二首》，前一首还在过小日子，"我与狸奴不出门"，后一首便"铁马冰河入梦来"。

唱哀歌，道凄凉，那不是真正的陆游。哪怕壮志难酬，陆游都不愿意轻言放弃。在另一首写梅花的诗里，他写道："过时自合飘零去，耻向东君更乞怜。"这才是陆游，无论如何，都不会自暴自弃，悲观逃避。

笔墨的重点在于下阕，越写越昂扬，到了"只有香如故"，其意志之强大简直是百折不回。后世龚自珍反用此句，写出"落红不是无情物，化作春泥更护花"，也正是因为原词早已立下了奋勇前行、绝不动摇的标杆。

驿外断桥边，寂寞开无主：古代驿站的功能有哪些？

  陆游写梅花不被人注意，因为它生在"驿外断桥边"。驿站的外边，断桥的边上，这两处都是行人罕至的地方，长在这两个地方的梅花，自然乏人欣赏。

  "驿"最早是指传递消息的马，后来引申成供传递消息的人中途休息、换马的场所，又叫作驿亭、驿馆、驿舍、驿站。管理驿站的小官叫驿吏，骑着马传递消息的人叫驿使，马叫驿马，专门给驿使通行的带有车辙的路叫驿道。

邮驿分三种：陆驿、水驿和水陆兼并。各驿站都设有驿舍、驿丁、驿马、驿驴、驿船及驿田等。驿站使用的凭证是勘合和火牌。凡需要向驿站要车、马、人夫运送公文和物品都要看"邮符"，官府使用时凭勘合；兵部使用时凭火牌。使用"邮符"有极为严格的规定，负有特定任务的，会派兵保护。使用驿马递公文，需要兵部火票，沿途各驿站的接递都要填写连排单。公文上写着限"马上飞递"的需要日行三百里。紧急公文则标明四百里、五百里、六百里字样，按要求时限送到，但不得滥填这种字样。

清代末期设立了文报局，驿站渐渐废止，后来又设邮政局取代了文报局。可以说，驿站就是邮局的前身。

驿站管理到清代已经相当完善，管理极严，违反规定者，要入狱治罪。驿站驿长和驿卒都负有责任，各朝在法律中都有明文规定，稍有差错，便要受到严厉的处置。唐朝规定，驿长必须每年呈报驿马的死损肥瘠情况，经费支出要有账目明细表。驿卒身份低下，但他们是最重要的邮递人员，不论烈日、寒风、大雨、冰雪，都身背公文袋，日日夜夜奔跑在驿道上。唐朝规定到了驿站必须换马更行，若不换马则"杖八十"。唐朝还规定，凡文书在途中耽误行期，晚到一天杖八十，两天加倍，最重可处徒刑两年。若耽误的是重要军事文书，则罪加三等，如因文书耽误而导致军事上严重后果者，判处绞刑。

一般来说盗贼是不敢抢劫偷盗驿卒所带文件的，否则会遭到官方剿杀。但交战的敌方往往会派间谍途中拦截情报。驿卒的工作除了辛苦，还很危险，如有重要情报，驿站要派兵保护或变化传递途径。

　　由于历史条件的限制，当时邮驿传递的速度与数量与今天无法相提并论，但就组织的严密程度、运输信息系统的覆盖水平来说，并不亚于现代运输。

临安春雨初霁

〔宋〕陆 游

世味年来薄似纱，谁令骑马客京华。

小楼一夜听春雨，深巷明朝卖杏花。

矮纸斜行闲作草，晴窗细乳戏分茶。

素衣莫起风尘叹，犹及清明可到家。

细细品来，此诗通篇都在感叹："我太闲了啊！"作者闲得整夜
睡不着听春雨，闲得替卖花女操心生意，闲得练书法写草书，闲得烹
茶看茶杯里的风波。东汉张芝号称"草书之祖"，但他平时只写楷书，
因为"写草书太费时间了，平日里没空"。陆游是有书法存世的，一手
行书疏朗有致，此处用了张芝典，表明陆游用写草书来打发时间。

国家危难，时不我待，这等清闲对于陆游是种折磨，他恨不得
用生命驱除异族，报效国家，恨不得一刻钟都不耽搁，收复北方。然
而，一夜夜的煎熬过后，他只能作草分茶，聊度日月。

看懂了这份光阴虚度的焦虑之后，我们才能体味陆游的感慨与
牢骚。

晴窗细乳戏分茶：宋人喝茶有怎样的讲究？

　　陆游在福建当过五年管盐茶的官，在茶事上应该是个内行。从北宋开始，福建就是指定的贡茶生产地。当时，从皇帝到宰相都是制茶、品茶高手，宋徽宗赵佶写过《大观茶论》，皇家贡茶"龙团凤饼"为宋真宗时期宰相丁谓所创，小"龙团凤饼"是宋四大书法家、福建转运史蔡襄所创。在这种风气之下，宋朝的茶文化十分发达，有记载的茶就有二百多种。

　　和唐朝喝煮茶不同，宋人先将茶叶末从茶饼上刮下来，然后将茶末用小勺舀入小碗中，冲入沸水，一边冲一边快速搅拌，叫作"点茶"，和现在冲泡咖啡有些相似。在搅拌的过程中，茶末会和开水充分混合，操作得当的话，还会在表面产生一层白色的浮沫。点好的茶稠稠的，表面有一层白色的小泡沫，喝起来口感应该像芝麻糊，不过是抹茶味的。

　　一直到元代，不那么讲究的民间才出现了直接泡茶叶子的喝法。明代的开国皇帝朱元璋出身低微，十分不耐烦点茶饼的吃法，索性改团为散，大家都直接用叶子泡着喝吧。

　　宋代流行斗茶，不仅茶要好，茶具也很重要。宋人喜欢用敞口碗喝茶，称为"盏"，碗方便搅拌。比较有意思的是，宋时茶盏最流行黑釉，建盏就是黑色的。现在我们的茶水通常是淡绿色或者浅褐色的，装在黑色茶碗里的确很不起眼。但考虑到宋时的茶汤表面会浮着一层白色小泡沫，正与黑碗相得益彰。而且建盏都比较厚，导热慢，保温性好，拿来点茶正好。

和唐朝喜欢用贵金属碗喝茶不同，宋人更懂风雅，他们嫌弃金属碗在高温下会散发出一股子金属"腥味"，还会影响颜色和气味，故弃而不用，只用比较厚的瓷碗。这的确是有科学道理的，金属容易与茶汤发生化学反应，而高温烧制的瓷器则非常稳定，可以更好地呈现出茶的色泽、香味与口感。

南宋时临安的茶肆十分发达，里面有着各种各样的娱乐项目，市民"终日居此，不觉抵暮"，可以在里面待上一整天，都觉察不到一天过去了。里面供应的茶汤品种更是丰富，多达百种。

南宋时所有饮料都被称为"凉水"，茶肆中有着各种含茶的凉水。大体上，茶饮分为两类，一类比较单纯，就是用单种茶末冲泡而成。另一类花样就多了，是混合类的，可以是多种茶叶按比例混合，也可以加入各种各样的东西一起冲泡而成。茶肆中四时卖"奇茶异汤"，冬月添卖七宝擂茶、馓子、葱茶，或卖盐豉汤，暑天添卖雪泡梅花酒，或缩脾饮暑药之属。除了有固定营业场所的之外，还有拎着保温茶瓶沿街叫卖的，想喝的随时可以来一碗。

南宋刘松年绘有茶画《茗园赌市图》，从画面上看是卖茶者之间在斗茶竞卖。画中有四个提茶瓶的男子，一位手持茶碗似乎刚刚喝完正在品味，一位正在举碗喝，一位左手持茶瓶右手拿茶碗正在往碗中注茶汤，一位则是喝完茶后抬起右手的衣袖擦嘴。四人的右边，一个男子站在茶担边，左手搭在茶担上，右手罩在嘴角上正在吆喝卖茶,茶担一头贴着"上等江茶"的招贴。画面的左右两边各有一个手拿茶具的男女,一边往前走,一边同时回头看着四位斗茶人。画面中提茶瓶的卖茶人身上都带着雨伞或雨笠,挑茶担人的茶担上也有一个防雨的雨篷,说明这些卖茶者主要是在露天的大街小巷中卖茶的。这幅图非常真切地记录了南宋的茶文化。

　　这么说来,"晴窗细乳戏分茶"确是南宋人闲来无事时的消遣。

研茶末

四时田园杂兴

〔宋〕范成大

昼出耘田夜绩麻，

村庄儿女各当家。

童孙未解供耕织，

也傍桑阴学种瓜。

范成大写诗曾经追求拟古工巧，不过一直不太成功，后来改写田园诗，清新自然，独辟新境。陶渊明、王维等人也写田园诗，但他们大多是把农村生活美化为文人归隐的世外桃源，仿佛上古仙境，只为了寄托士大夫的闲适情怀。然而，范成大诗笔下的田园是接地气的，是有真实农村生活的。

范成大的田园诗中不仅有景，还有人。村民白天黑夜地工作，男女各司其职，大人小孩儿各有工作，哪怕是没有成年的孩子，也耳濡目染，在游戏中学习农活。

这样生动、朴实、如在眼前的田园生活，有美好也有心酸。如若政治安定，自然便是安居乐业；如若时局动荡，那百般辛劳都将付诸流水。这是一幅村居安乐图，也是一幕农户哀泪景，全在于时局如何。这就是范成大对于底层百姓的了解、体恤与责任感。

昼出耘田夜绩麻：耕织对于古人的重要意义

中国几千年来都以农耕文化为主，拥有自己的土地，耕织自给，怡然自得。

自从有了刀耕火种之后，我们的老祖宗尝到了守着土地的甜头。从此，"昼出耘田夜绩麻"，有粮吃，有衣穿，有固定居所，有一点儿私人物产，依赖着田地繁衍生息，就成为炎黄子孙幸福活下去的盼头。

有了土地，就有了产出，人们就能活下去，靠着勤劳和节俭，能拥有更多的土地，获得更多的固定收益；有了土地，人们就可以建造房子，一家老小生活在一起，分工合作，互相配合，增加劳动效率，节约生产成本，从而拥有更多的土地，获得更多的收益；有了土地，人们不仅能种植出赖以生存的粮食、蔬菜，让一代又一代的人填饱肚子活下去，还可以种植桑麻等经济作物，让人们有衣穿，有钱花，能够换来盐等生活必需品。人们美好的生活，都是建立在土地上的。

中国人重视耕织。每年开春，皇帝要有躬耕的仪式，亲自下御田扶犁耕种，垂范万民。皇后也要象征性地亲自养蚕，为天下妇女做出示范。这是一项非常隆重的仪式，是邦国重务。杭州有一个非常受欢迎的景点叫八卦田，从玉皇山顶向下望，整块土地被修整成八卦形象，种上不同色彩的作物，齐整美观。其实这里就是当年南宋御田所在，每年皇帝和皇后都会在这里举行隆重的躬耕亲蚕典礼，除了向百姓表示朝廷对于农业的重视之外，还要举行祈求风调雨顺、百姓安康的祭天仪式。

男耕女织是古代社会分工的重要形式。民间传说牛郎的主要工作就是耕耘，而织女，是专事织造的仙女。在董永与七仙女的故事里，董永是一个耕地小子，七仙女也是织锦的。

耕织如此重要，连带着牛和桑树都成为受重视的对象。耕是犁地，耘是除草。播种之前先要翻松泥土，将下层的土翻上来，这是非常繁重的劳动，光靠人很难完成，必须要使用犁这种工具。但是用人力带动犁实在太吃力了，牛由此成为非常重要的生产资料。也因此，直到民国，历朝历代都禁止屠宰耕牛，只有牛死了，人们才有可能吃到"倒牛肉"。官府规定杀牛会受到很重的处罚。

古代也有春季不准砍伐桑树的规定。春季正是出产桑叶的时候，砍了桑树，蚕宝宝没有了吃的，产不出蚕茧，纺织工作就无法进行。中国民间一直有桑树崇拜的传统，桑树频频出现在古老的帛画、石刻砖画中。桑树能够作为图腾崇拜的原型，就说明这一树种对于中国人生活的重要性。

蚕丝自古以来就是非常重要的织物原料。但蚕丝比较昂贵，普通民众用不起，而且从等级制度来说，普通民众也是不能随便穿着贵重的丝织衣物的。唐朝时，普通人穿得最多的就是麻织品。到了宋代，棉布终于成为普通人能够穿的织物。棉布也分为许多品种和档次，其中松江产的棉布闻名全国。

宋末元初的时候，松江人黄道婆流落到了海南岛，以道观为家，和黎族姐妹一起劳动与生活，从黎族人那里学会了运用制棉工具和织崖州被的方法。后来她重返故乡，在松江府以东的乌泥泾镇，教人织棉，传授和推广多种纺织技术，她所发明改良的织布机一直沿用到现在，可以织出很多种花样。

清平乐·村居

〔宋〕辛弃疾

茅檐低小，溪上青青草。醉里吴音相媚好，白发谁家翁媪？

大儿锄豆溪东，中儿正织鸡笼。最喜小儿亡赖，溪头卧剥莲蓬。

　　辛弃疾的词既可以激荡如剑，也可以悠闲如风。这首词便描绘了一幅悠闲恬淡的农村生活画面。老来相伴，互相逗趣，其乐融融。勤快的长子次子也就罢了，最可爱的就是那个萌萌的小顽皮，不爱干活，拣个阴凉处舒舒服服躺好，小胖腿架着，胡乱地剥莲蓬吃，淡绿清香的皮壳撒了一地。大人经过时笑骂一声"小无赖"，其实并没有责怪的意思，反而透着疼爱。

　　家有一老，如有一宝，何况是白发翁媪。有老有小，还有不错的家境，这是令人艳羡的人家。作者借此表达了对农村平静生活的喜爱和向往。

醉里吴音相媚好：吴音指的是哪里的方言？

老夫老妻头发白了，儿孙满堂，家境充裕，安享晚年。青山下绿溪旁，公婆俩喝点儿小酒，嘴里嘟嘟囔囔，互相逗个乐子。若说的是北地方言，铿锵有力，掷地有声，玩笑话也当作吵架。但若是"吴音"，软媚滑柔，所谓的"吴侬软语"，便是吵嘴也似蜜语甜言，这样才能"相媚好"。

中国的方言之多，实难想象。这一点北方人体会不深，同一个省份的人，虽说口音有差异，尚不至于天差地别。然而在南方各地，不同的方言很可能听起来完全是两种语言。一省之内，存在多种互相无法沟通的方言是常事。有时候隔一个村子，人们便互相不能听懂。尤其是福建、浙江、湖南等地，因方言问题隔出了一个一个小文化圈。

古时"吴音"指的是一种特定的语言，是吴语的古称之一，有3000多年的历史了，现在的上海话和苏州话就比较接近古吴语。在古代，吴语也称江南话、江东话、吴越语，通行于今天的江苏南部、上海、浙江的一部分、江西东北部、福建西北角和安徽南部的一部分地区。这一块区域可不算小，有上亿人口使用这种语言。

吴语至今还在被使用着，它保留了大量的古代汉语用字和发音，和吴越文化血脉相连，对于研究古代汉语有非常重要的参考价值。

最初使用吴语的区域是连成一片、比较完整的。作为一个非常重要的语言体系，吴语曾是江南一带的通行语言。但是到了今天，在各种因素影响下，使用吴语的区域逐渐被分成小块，在普通话作为通用语言的情况下，吴语成为一种方言。

有俗语说：宁听苏州人吵架，不听扬州人说话。说起来，苏州和扬州都是江苏省内的城市，但是扬州话主要是江淮官话，比较硬呛，而苏州话则更多地保留了古吴音。两个城市相距不远，却因在历史中的不同位置而形成了不同的方言。

再比如浙江的杭州与绍兴。杭州曾作为南宋的都城，当时北民大量南迁，定居杭州，不但影响了杭州人的语言，也影响了杭州人的饮食习惯，从此杭语不再是纯粹的吴音，而是带有大量的"儿"化音，比如筷子叫筷儿，凳子叫凳儿，篮子叫篮儿，孩子叫小伢儿……后来清兵入关，在西湖边圈地驻扎旗兵，他们的语言又进一步改造了杭州话，使杭音变得更硬、更脆、更重。而绍兴作为一个古城，又被杭州早早转移了政治中心的地位，则更多保留了吴音。归属于绍兴的嵊州是越剧的发源地，能够用来唱梁山伯与祝英台双双化蝶的音调，可以想见是柔美的，和现在的杭音完全不同。

辛弃疾所听到的吴音和现在的吴音有多少差别，恐怕很难给出准确的答案，我们只能从现在的吴音中去探寻古吴语的蛛丝马迹了。

青玉案·元夕

〔宋〕辛弃疾

东风夜放花千树，更吹落，星如雨。宝马雕车香满路。凤箫声动，玉壶光转，一夜鱼龙舞。

蛾儿雪柳黄金缕，笑语盈盈暗香去。众里寻他千百度。蓦然回首，那人却在，灯火阑珊处。

全词上阕写的是火树银花，热闹非凡，下阕写的是佳节如梦，众里寻他；上阕极尽繁华，下阕低回浅唱；上阕淹没在狂欢的人海，下阕突转冷静找到真正的所在。

人生又何尝不是如此，烈火烹油，鲜花着锦，辉煌之下激动兴奋，迷失不知身在何处。必得转入冷巷，灯火渐暗，火热的头脑慢慢冷却，这才知道自己真正所要追寻的到底是什么。

生命的真谛，从来不在灯火辉煌中。慢下来，静下来，我们才能知道自己生存的意义到底是什么。我们用尽一生所苦苦寻求的，并不是那些炫人眼目的荣耀，而是繁华历尽，烟火燃尽，高光过尽之后，还能让我们看到，让我们去寻求，去珍爱的一切。

"蓦然回首，那人却在，灯火阑珊处。"一句道尽沧桑。

东风夜放花千树：古人如何玩烟花？

自古以来，正月十五元宵节就是一个追求光明的节日。古时有灯尚不足，还要配合烟火，非得把上元夜照得通亮不可。

有一种说法，中国人发明了火药，却没有用它去制造大型杀伤性武器，而是用来制作美丽的烟火了。其实这种说法并不完全正确，自从唐哀宗时开始出现有关使用火药的记载之后，火药一直都主要用于军事用途。在历史典籍中，火药用于烟火娱乐的记载很少。

隋炀帝咏过："灯树千光照，花焰七枝开。"唐朝的苏道味有句："火树银花合，星桥铁锁开。"这些诗句都是写元宵夜的，内容看起来都很像是描写放烟花。有人就据此认为，唐时已经有烟花。但相关典籍中都没有记载。隋唐时就算有烟火，是不是火药制成的，也很可疑。还有人说，只是燃放了大量的香木料而已，将木头搭成各种形状后点燃，也能形成火树银花的效果。

不过到了宋朝，我们可以非常确定，用火药制成的大型烟火已经被发明了，而且成为节庆中非常重要的组成部分。孟元老《东京梦华录》详细记载了这一切，揭开了宋代典籍中关于烟火用于娱乐的第一页。

书中记录了一场烟火表演，地点在东京的宝津楼，是专门表演给皇帝看的。首先是幻术，有"抱锣""硬鬼""舞判""哑杂剧""七圣刀""歇帐"等，全凭烟火，硬是制造出了一个吞云吐雾的神鬼世界氛围。这说明了当时烟火不但制作技艺高超，而且已经是城市娱乐中的重要项目，可以进行大型商业表演了。

南宋时更是百业兴旺，手艺好的烟火师傅非常抢手。临安的烟火师傅将各式各样的烟花爆竹绑在一个大木架上，将它们的引线串联在一起，只需点燃一个，就会火星蔓延，各色烟火按设计争相升空。宫里元宵放烟火，都得放上几百架，民间也不落后。

烟火的工艺不断成熟完善，发展成一场场大戏，每年除夕，宫廷燃放"屏风"烟火。上百架烟火有故事，有人物，有声，有色，有光，有影，还是连续剧。

宋代有个话本叫《灯花婆婆》，就描述了烟火戏上演的情形，很是精彩："'夫人，好耍了，烟花儿活了！'话犹未了，只见那灯花三四旋，旋得像碗儿般大的一个火球，滚下地来。哄的一响，如爆竹之声，那灯花爆升，散作火星满地，登时不见了，只见三尺来长一个老婆婆滚了出来。"三尺来长的老婆婆可不是真人，而是纸人。烟火花炮中隐藏着折叠的纸制人，火药引线燃烧，点燃花炮，将纸叠人射向空中，借助火药的爆炸及燃烧的力量，使纸人旋转起来。是不是有点儿像现在烟火里的"降落伞"，"砰"的一声，烟火升空，炸得粉身碎骨，但是一只小小的纸质降落伞会从空中缓缓飘落。

烟火在南宋十分普及，市井中产生了许多与烟火相关的配套小产业，连药线都有专门的供应商。坊间流传着大量不同的药线配方，宋末元初的陈元靓将其制方记入《事林广记》："玄参三两，用蜜一两，水二升，慢火煮干。如瓷盒里，露地五日，取出。入焰消一钱，重同研，煞干。以栀黄纸包，捻作线，焚之，绝肖梅花。"又用参，又有蜜，不但制作精细，还很是风雅。

到了今天，燃放烟花爆竹仍然是节日里最令孩子兴奋的节目。虽然因为空气污染问题，大部分城市都禁止放烟火了，但是在大型庆典上总少不了烟花表演，我们还是有很多机会可以欣赏到梦幻美丽的烟火的。

村 晚

〔宋〕雷 震

草满池塘水满陂，

山衔落日浸寒漪。

牧童归去横牛背，

短笛无腔信口吹。

写景的文字不能仅仅停留在景本身，而是要用一个主题将眼睛看到的零零散散的景物串联在一起，并且要在其中贯注情感，将写作者的感受化入眼前的景物，最终成为"我"眼中的风景。《村晚》便是这样一首写景诗。

水草茂盛，池塘水涨，山衔落日，碧波倒映，儿童牧归，短笛悠扬。这样的一幕乡村晚景，在见惯乡景的农人眼里，可能并不是什么风景；而在雷震眼里，看到的就是乡居的闲适，乡间孩童的灵气，乡野风景的美好。

《村晚》写的是何处小村的晚景并不重要，重要的是，它写出了作者的心，表达了作者对乡村悠闲生活的向往。

短笛无腔信口吹：笛子到底应该横吹还是竖吹？

吹奏类乐器，很可能是中国最古老的乐器。

根据现在的考古发现，已经出土的古乐器中年代最早的，是两支骨笛。这两支骨笛在河南舞阳的贾湖遗址出土，不但是中国考古所发现的最古老的乐器，也是世界考古史上所发现的最早的吹奏乐器。两支骨笛同时出土，形状相似，但吹出来的声音不同。中国自古就有雌雄笛的说法，在此得到了验证。

贾湖的雌雄两笛是竖着吹的，可能是后世竖笛、洞箫的原型。它是用某种鸟类的翅骨制成。至于是什么鸟，有人说是鹤，有人说是鹰，总之形体不会太小。翅骨相当于人类的尺骨，是中空的，在上面恰当的地方凿上大小正好的孔，就可以吹奏了。骨笛形体不大，分量很轻，易于携带，随时可以摸出来吹上一曲。古时天高地远，笛声悠悠，一雌一雄，彼此应和，音乐的真谛便在其中。

贾湖骨笛打磨得很细致，上面有七个孔。它们不但有两个八度的音域，还有半音阶，可以吹出各种变化音。它们虽然历史悠久，但并不简陋，还很精细。不过这两支骨笛是竖吹的，更有可能是箫的前身。

笛的长短随意，材质多样，有时卷一片叶子亦能成笛。归家

骨笛

的牧童横倒在牛背上，用一支短短的笛子随意地吹出声音，无腔无调，却未必不动听。宋代的吹奏乐器已经形成多种样式，笛是横吹有膜的，箫是竖吹无膜的。相较之下，修长的箫似乎仙气更足。弄玉和箫史乘龙跨凤而去时，吹的是箫；八仙之一的蓝采和上天之时，也是和着箫音。不过论到携带方便、亲民易学，还是笛。

唐人名句有"羌笛何须怨杨柳"，羌笛和牧童的短笛可是大异其趣。羌笛这种少数民族乐器其实是一种简陋的小型单簧管，最初也是用鸟或羊的腿骨制成，还能当马鞭用。后来用油竹当作材料，是竖吹的。

相比羌笛，中原人的笛要精致完善得多。一支好笛有很多讲究。竹要选得老，油浸使之润；孔要开得巧，精测使其准；膜要用得嫩，声音才能脆。还要饰以流苏，雕以纹样。

古诗词中常见"玉笛"。玉笛的"玉"更多是一种比喻，指的是精致的好笛子，并非当真是玉做的。玉石坚硬，很难找到这样细长的材料，要做成长条空心形状实属不易。何况玉石脆硬，磕到碰到很容易损毁，更兼分量不轻，不易携带。真正的玉笛不能说没有，只是非常少，即便做出来，也不是为了日常吹奏所用。古人一直认为用玉石做的笛很难吹奏，石质太硬，鼓气而入后少了份圆润，乐声不会太好听。但近年来物丰人闲，还真有人做出玉笛，请了笛子演奏家来吹奏，据说声音比想象中的好听。

笛子的好处是丰俭随意，既有精工细做的玉笛，也可以随手削竹成笛，卷叶为笛，刻骨为笛，随制随吹，随吹随弃，腔调自由，姿态随意，是一种最"闲在"的乐器。雷震写"短笛无腔信口吹"，正是取了"短笛"这一悠闲自得的意象，勾画出了一幅村居傍晚时分闲适美好的图景。

长亭送别

〔元〕王实甫

　　碧云天，黄花地，西风紧，北雁南飞。晓来谁染霜林醉？总是离人泪。

　　碧云天、黄花地，美而凄凉。"紧"字点出秋风之急、秋之萧瑟。抬头望去，北雁南迁，此情此景，与人的别离相照应，更显凄凉。曲中以红叶引出离人之泪，十分巧妙。秋之肃杀配以离人的伤心泪，烘托出离别之际的悲伤。"泪"沟通了情与景，使所有的景物都染上了离别的愁绪。

长亭送别：古代五花八门的"亭"

在古诗词中，长亭与折柳一样，都是和送别有关的意象。

秦时就开始在路边设亭，每十里一长亭，每五里一短亭。所以我们一说到长亭，就会很自然地说十里长亭。不是所有的路都设有亭，通常只在驿路边设亭，这样驿使可以有地方住宿、吃饭、饮马，获得各种供给，如果马出了问题，还可以换到合用的马。因此亭是需要人管理的，设有亭长。刘邦就曾当过泗水亭长，算是一个小吏。

汉时开始，亭的作用更为丰富，开始向驿使以外的人提供服务。人们郊游时可以在此驻足，进城前可以在此略做调整，送别时可以把它当作设送别宴席的"路亭"。经过历代文人的吟咏，长亭固定为送别的意象。

古人出门不易，远行是一件大事，亲朋好友都要来送。但是主人家要出门，家里肯定不方便，既是送别，总不好再给主人添麻烦。于是送别的人就事先等在长亭里，准备好酒席，等要出远门的人到了，一起折枝柳，喝杯酒，写首诗。关系越好的人，等的地方越远，甚至走了两三天，还能在路边的长亭里遇到等着送行的朋友。朋友多的，一路行来，都是来送行的朋友，几天之内不寂寞。同一个长亭内，朋友们也会不期而遇，因为都是来送同一个人的。因此，长亭是古人生活中一个非常重要的社交场所。

有些地方，虽然带有"亭"字，未必是个亭子。比如"旗亭"，有的时候是指挂着旗子的酒楼，有的时候是指管理集市的官员的居所，还有的时候指管理集市的高台。总之，这些地方都地势比较高，并且插着旗子。

杭州西湖的断桥边有一座亭子叫作"御碑亭"。这种碑亭是为了保护石碑免受风霜侵袭，行人也可以在内歇息，细看碑文。

当然，我们更常见的是景观亭，它们出现在各种园林、景区、山间，乃至溪畔湖上。它们形制各异，有的飞檐斗拱，有的朴实无华，有的竹制，有的木雕，还有的简单如一把小伞。无论如何，有了亭，便有了歇脚观景的所在，风景就活了起来。

中国人的风景美学里，少不了一座亭。

墨 梅

〔元〕王 冕

我家洗砚池头树，
朵朵花开淡墨痕。
不要人夸好颜色，
只留清气满乾坤。

    要看懂这首诗，首先得知道这是一首题画诗。这是一幅墨梅图，王冕当时隐居浙东，画梅换米，画好梅花就写一首诗在旁边。

    中国古诗词的一大特色就是托物言志，将梅兰竹菊各赋人格。梅开在冬日百花凋零之际，独傲霜枝，暗香浮动，因此人们赋予它无畏、孤傲、高洁的品格。小小的花朵却能聚成香雪海，人们从而认为它低调、淡然、谦逊。更何况画的是墨梅，没有用彩色，只用浓浓淡淡的墨点出了一纸梅花，这就更显得"清"。

    《墨梅》字字句句都在写梅，字里行间也都在写自己。王冕想说，我与这墨梅一样，清气满身，独善其身。

    这首诗将花、诗、人互相映照，的确在文学史上留下了清气满乾坤。

我家洗砚池头树：好的砚有什么讲究？

古人写字离不开笔墨纸砚，文房四宝件件都有很多讲究。在快节奏的今天，我们身边还有许多"文具控"，见着了好玩的铅笔、橡皮等就迈不开步，甚至收藏了好几个抽屉。在慢生活的古代，痴迷此道的人更是不会少。

洗砚洗笔是一件雅事。用一块松香墨蘸上清水，慢慢磨出墨汁，写画完后须得清洗，否则笔会被墨汁胶住，下次就没有办法再用了。砚台也需要清洗，否则会有积墨，再磨时就很麻烦，不但不平整而且浓淡不匀。但是也有人特意不洗砚，让陈墨一层层积起来，宿墨特别浓，适合画松画石。

公认的四大名砚是指甘肃洮州的洮河砚、广东肇庆市的端砚、安徽歙县的歙砚、山西新绛和山东泗水的澄泥砚。

好砚最讲究温润细腻，出墨速度要不急不缓。做砚的材料密度要高，质地要细。砚面不能太光滑，否则墨柱容易打滑；砚面太粗糙的话，磨墨时会产生颗粒，而且舔笔的时候也会不顺畅。最好要细而不光，坚而不脆，密而不糙。传说中的好砚不需要加水，自己就能凝结出一层水珠，磨出墨汁之后，多久都不会干涸，冬天的时候，墨汁不会结冰。

至于砚边种种精雕细刻以及层出不穷的巧妙造型，和砚的质地比起来，反而不那么重要。不过一方好砚，在外形上不会太过粗陋。不同的砚在外观上各有讲究，比如端砚所选用的石料含有大量的"眼"，也就是铁质结核形成的晕状花纹。因此选端砚时必须要看"眼"的形状、位置与数量。"眼"是不是美观，位置是不是巧妙，数量是不是恰到好处，都直接影响到端砚的贵贱。端砚里的"眼"根据形状、位置等要素有上百种分类法，各有其名，外行人完全摸不着头脑。

四大名砚中，只有澄泥砚不是石质的，而是使用黄河胶泥经特殊的工艺烧制而成，不过澄泥砚的制作工艺在元代就已经失传。清朝乾隆皇帝曾经令人研制复原，投入了大量人力物力，但没有成功。不过现代科技发达之后，复原这些工艺的难度小了很多，黄河澄泥砚已经能够被重新制作出来了。

之所以取澄泥砚这个名字，是因为制这种砚有一道非常重要的工序：澄泥。澄是个多音字，在这里应该念作"dèng"，意思是反复淘洗。泥在被制成砚之前，要经过自然和人工两道澄洗工序。黄河上游的泥沙本来颗粒很大，但在随黄河水几经波折后，体积大的颗粒因为太重早已沉淀下来，到达洛阳一带的时候，水中只剩下最轻最细的泥沙。洛阳河畔岸低水阔，水流缓慢，黄河水携带的那些细沙便沉积下来，这便是自然澄泥。在制砚前，工匠们要先到黄河沿岸采集这些珍贵的细泥，将泥料淘洗后放入绢袋之中，在空中不断晃动，最细的泥料便留在了袋里。这还不够，还要再将绢袋抛入河中，继续受河水冲洗。如此，两三年之后，绢袋中的泥沙越来越细。经过这样漫长细致的自然与人工几重澄泥工序后，这些泥才能被使用。

除了原料之外，制作澄泥砚最难掌握的是烧制时的温度。澄泥砚因为是人工烧制的，可以在颜色和造型上变出许多花样，是四大名砚中外形最为丰富的一种。不过澄泥砚的颜色不是刷釉形成的，也不是染的，而是选用了不同的泥料，再加药物熏制，还要控制炉温，产生自然的窑变，形成了不同的色彩与纹路。烧制澄泥砚的温度要控制在制陶与制瓷之间。温度太低，烧成了陶器，那就会质地粗糙，而且贮不住水。温度太高，烧成了瓷器，那就太过光滑。

我们的老祖宗为了给自己做一些合用的文具真是下了不少功夫，也为我们留下了许多难以复刻的工艺之美。

砚

朝天子·咏喇叭

〔明〕王磐

喇叭，唢呐，曲儿小腔儿大。

官船来往乱如麻，全仗你抬声价。

军听了军愁，民听了民怕。

哪里去辨甚么真共假？

眼见的吹翻了这家，吹伤了那家，只吹的水尽鹅飞罢！

　　曲子说喇叭、唢呐的特征是"曲儿小腔儿大"，一"小"一"大"的对比流露出作者的爱憎。一个"腔"字，把那些宦官的丑恶嘴脸刻画得入木三分。第二层说喇叭、唢呐的用途。"声价"即名誉地位，按理应是客观评价，而这里却要"抬"，就说明喇叭、唢呐的品格是卑下的。第三层展示喇叭、唢呐的另一面：为害军民。老百姓一听到喇叭、唢呐之声就不寒而栗，胆战心惊。最后一层写喇叭、唢呐吹奏的结果：直吹得民穷财尽，让百姓家破人亡。

喇叭，唢呐，曲儿小腔儿大：喇叭和唢呐有区别吗？

　　喇叭和唢呐都是靠嘴唇鼓气发出声音的吹奏乐器，喇叭里有个哨片，而唢呐里没有。喇叭是蒙语，本来的意思是螺号，就是用大贝螺做成的号角，发展到现在，凡是上小下大敞口喇叭形的乐器都叫作喇叭了。唢呐则是从西域传入中国的，西晋时的壁画里就已经出现了唢呐，在金、元时期已经很流行。唢呐有一个细长的身子，最下面是喇叭状，有扩音作用。

　　无论是喇叭还是唢呐，都能发出非常嘹亮高亢的声音，尤其一个乐队一起吹奏，真可谓声闻十里，极其热闹。因此，清朝的仪仗队所配备的核心乐器就是喇叭和唢呐，吹起来声势浩大。韩国有种音乐形式叫"大吹打"，也是以喇叭和唢呐为主要乐器。

　　中国农村无论丧事还是喜事，都离不开喇叭和唢呐，再配上锣鼓，大鸣大放，大吹大响，十里八村都能闻声而至，热热闹闹办好人生大事。

　　另外，无论是秧歌会还是戏曲班，都少不了喇叭和唢呐，尤其开头那段高亢入云的过门能在一瞬间镇住乱哄哄的场子。在某些以豪放、粗犷著称的剧种中，唢呐尤其不可少。比如秦腔，一段段的嘶吼滚板，光有梆子压不住，必须得配上唢呐，那股苍凉劲儿才能出得来。

喇叭和唢呐是表现力非常丰富的乐器，可刚可柔。湖南有一种小唢呐，是用虫壳做的，软软的，呈紫褐色，吹起来柔情满腔，摄人心魄。再配上幽幽的民歌，独唱配独奏，从夜间山林中传来，空灵飘逸之至。可用作独奏的唢呐品种很多，它是可以独撑场面的乐器。

台湾民间现在还将喇叭和唢呐称为"鼓吹"，我们现在常说替人宣传的是"鼓吹手"，其词来源于此。

喇叭和唢呐虽然是非常受欢迎的乐器，用途也很广泛，但是总不如琴瑟雅致，随着洋号的普及，喇叭和唢呐在民间使用越来越少。

曲中说喇叭和唢呐是"曲儿小腔儿大"，"腔儿大"指的是声音响，动静大。"曲儿小"的"小"其实有双重含义，一层是指曲子短小，是一种陪衬，不是主音。另一层是指喇叭和唢呐所奏的曲子不上台面，不是"大音"，只是"小乐"。合在一起，就表示今天曲子里要骂的不是主官，而是那些服侍皇帝的小人。他们官不大，官威够足；能力不行，添乱有余；自己只是个起陪衬作用的"鼓吹手"，却能折腾得百姓倾家荡产。

唢呐

游园惊梦

〔明〕汤显祖

原来姹紫嫣红开遍，似这般都付与断井颓垣。良辰美景奈何天，赏心乐事谁家院。朝飞暮卷，云霞翠轩，雨丝风片，烟波画船，锦屏人忒看的这韶光贱。

姹紫嫣红的，不仅是花儿朵儿，还有正当年少的人儿。只是深闺大院，锁住了这样热烈美好的青春。最好的韶光，便这样错付了。

杜丽娘游园，游的是自己的心境，见到繁花似锦，想到自己青春年华，无人折枝，只能在枝上空空地凋谢。

可是这个小女子，她不哀叹寂寞，不在叹息中沉寂下去，反而发出了生命的呼喊，她在大自然中反观自己：深闺里的人儿啊，不要把韶光看得这般贱。这是在说，我们要珍惜自己的美丽与生命，要先学会欣赏自己，尊重自己。这种自我意识的萌发，与以往所有的伤春悲秋都不相同，不再是被动地等待被折枝，而是主动去寻求自己的价值，获得幸福。

雨丝风片，烟波画船：画船指的是哪种船？

　　宋以后，官宦人家的女子大部分时间都只能大门不出，二门不迈，不过有些特殊的机会，她们还是有可能出行的。比如在一些特殊的日子要去进香拜佛，如果没有家庙的话，就只能去外面的寺庙。未出阁的女子偶尔还可以跟母亲去访客，重要节日的时候也可能和母亲姐妹一起出去。极偶尔的情况下，还可能坐船游湖。不过哪怕自家园子里有湖，坐船的机会也是不多的。

　　画船就是装饰得非常精致的游船。其实从船饰的角度来说，作为交通工具的船上的装饰，具备一定的文化价值。中国的船除了优美的整体造型之外，匠人们还将绘画、雕刻、扎彩等多种工艺都应用到了船体装饰上。

　　中国古代最多木帆船，几乎所有的帆船两侧，都画有一双大眼，船民们叫它"大船眼"。这对大眼有着漆黑的眼珠，且水汪汪的，显得特别明亮，灵气十足。这对眼可不是画上去的，而是雕刻而成，然后镶嵌上去的。一旦被点了睛，船就活了起来，如鱼龙入水，遨游于风浪之间。随着波涛起伏，大眼若隐若现，神光闪烁，十分神气。

　　渔民是最信天命的，因为一旦入了江海，性命再也由不得自己。因此渔民祭祀的仪式特别复杂，讲究也特别多。他们认为海里的霸王是龙，龙不但能呼风唤雨，还是小鱼小虾的首脑，如果渔船是木龙的话，那不但可以保佑风平浪静，还能保证网网有鱼。因此他们给船点上了龙睛，从此木船变龙，平安丰收。

不同地方的龙眼画得不同。浙江舟山的三桅海船主要用于运输，不用来打渔，因此船上的龙眼珠向上，表示观测天气，要降风伏雨。浙江台州有打渔的"绿眉毛"船，龙眼珠就朝下，船眼上方还有条绿色的眉毛，用来观察渔讯，多多丰收。广东的红头船则在船头上涂满红漆，将船眼画得精光四射。

上船眼是做船最为重要的程序，都需要举行非常隆重的仪式。船眼雕好之后，要用钉子固定。钉子的数量是规定好的，小船三枚，大船五枚，其中一枚必须钉在计算出来的方位，差一点儿都不行。钉眼要选良辰吉日，举行一系列的上祭、祭拜、放鞭炮等仪式，礼成之后，用一块红布将船眼蒙住，等到下水之时，才揭开布，让大眼显露出来。

除了大眼之外，船的全身都布满了各种雕饰。船头上会绘上张开大口的猛虎和雄狮。船尾会装饰展翅的大鹏或是雄鹰。前后都有猛兽镇船，可以驱恶辟邪，抵御风险。

船尾通常会设尾楼，供行船的人在内吃住。尾楼会涂上非常鲜艳的色彩，还有的会画上一些故事性的画面，写上吉利的船名，如果船主的名字非常吉利，也会用大字彩漆写在上面。船上的彩绘最是生动，虽然题材不脱鱼、龙、凤、瑞兽及日月云彩，但是画得张扬热烈，带有特有的粗犷气息。

露出水面的舷板上也有彩绘，通常是云气纹或是波浪纹。清代画卷《唐船之图》《康熙南巡图》中都记录了当时船的样子，可以清晰地看到船帮上画着的披水绘和龙马图。

　　船上也会绘画，船上绘的则多半是神话传说，八仙过海、一苇渡江、观音踏莲、哪吒闹海，都是常有的素材。用来载人的大船，运送的多是达官贵人，船舱装饰十分讲究，不会比陆地建筑逊色，用雕梁画栋形容亦不为过。

　　闺阁女儿偶尔乘坐的画舫，虽然不必乘风破浪，但也必须要讲究。整艘船画漆鲜明，多饰流苏纹样。只是这样的船仍然是一间屋子，女儿们还是被闷在里面出不来，烟波画船，载不动这许多愁。

舟夜书所见

〔清〕查慎行

月黑见渔灯，

孤光一点萤。

微微风簇浪，

散作满河星。

本诗采用了动静结合的手法营造出了一种神秘幽远的意境。

开头是极静，天地间一片清冷，连月色都不曾有。没有月色的夜，才是真正的静寂。"月黑"二字，简洁之至，这种写法也是静的。

第二句，这片极静的天地忽然开始有了变化，出现了一点孤光，即便微如萤火，也是生机，这就是变的开始。然后风来了，尽管只是"微微"，但也能够让江流簇起轻浪。这时光、风、浪一起动了，然而幅度并不大，颇有节制。

神来之笔是最后一句"散作满河星"。既然月黑，星光亦难有光辉，好在一点渔火借着小风，乘着小浪，散作满河的星光。天上人间，在夜色里恍如一体。这一幕仿佛要开启一个传奇的故事，又仿佛预示着更大的变动，意味深长，回味无穷。

月黑见渔灯：古代渔民过着怎样的生活？

查慎行此诗中最有讲头的意象就是"渔火"，若没有了渔火，风成了无心，浪也作了空掷，满河星不知从何而来。

渔火就是渔船上的光亮，可能是一盏灯，也可能是一缕炊烟，也可能是一支火把。不少打鱼的人常年住在船上，上岸的时间比较少，渔船就是他们的家。他们在渔船上开火做饭，日落了就在船角挂一盏灯以免被误撞，还会在晚上打起火把捕鱼，这就是渔火的来源。江上有渔民，海上也有，海上也有渔火。

古人出行不易，若有远行，必有心事。那时没有江景房，更没有灯光秀，乘槎浮于江，长夜漫漫，月黑水暗，不免有些阴郁之感。忽然见到几星渔火，远远地若隐若现，和星光一样缥缈不可捉摸，似乎有了人气，又似乎离人间更远了。可以想见诗人此时的心情，可能是凄清、孤寂、满怀心绪无处诉说。

有关渔火的名句还有很多，张继的"江枫渔火对愁眠"脍炙人口。《枫桥夜泊》一首诗同时用了许多意象，月、乌鸦、霜、渔火、枫、寺、钟声、客船，共同建构起了一个哀愁而美丽的诗境。在所有这些和夜航船有关的意象中，渔火最具神秘感，这是因为无论是诗人还是我们，对渔民的生活不甚了解，或许还有所想象。

事实上，渔民生活很艰苦。以前东南沿海各省，靠水一带有疍（dàn）民，就是不上岸的渔民。他们常年漂在海上，就像浮在盐水上的鸡蛋一样，因此称他们为疍民。这个名字的来源听着很心酸，似乎也不太礼貌，但他们的生活像蛋壳一样脆弱确是实情。

疍民从不上岸，不是他们自己不愿意上岸，而是他们在岸上没有耕地和宅基地，无法生存。他们在岸上没有产业，无法向官府纳税，索性不申报户籍，吃住都在海上。官府也视他们为化外之民，不让他们上岸，不给他们提供任何救助和保障，甚至死后都不让他们上岸入土。疍民无奈，只能实施海葬，或者埋入沙丘之中。涨大潮时沙丘瓦解，尸骨外露，随潮翻涌，各种动物争食，惨不忍睹。

江上的渔民也不好过，《水浒传》里写到不少水将，即便如阮氏三雄、张顺兄弟等人，过的也是上无片瓦、下无寸土的生活，他们也是常年漂在江上、水泊里。范仲淹能够体会渔人的苦处："江上往来人，但爱鲈鱼美。君看一叶舟，出没风波里。"只知道鲈鱼鲜美的达官贵人，哪里知道打鱼人的艰辛呢？

中国是一个传统的农耕社会，人们认为有房有地才是好日子，入土为安、死有所葬才能享祭祀。江上海上这些飘忽的渔火，充满了居无定所的愁苦，与同在江上漂泊赶路的文人产生了共鸣，这才有了"错杂渔火""寂历秋江渔火稀""渔火愁眠省""漠漠迷渔火"这些迷茫恍惚、满怀孤愁的佳句。

古诗词里的衣食住行

村 居

〔清〕高 鼎

草长莺飞二月天，

拂堤杨柳醉春烟。

儿童散学归来早，

忙趁东风放纸鸢。

高鼎字象一，又字拙吾，可见他生平的艺术追求便是大象无形，大巧若拙。道生一，真正的"大"必是"简"。高鼎一生所作颇丰，但传世并广为人知的就是这一首《村居》。

这是一首多么天真欢快的小诗，兴兴头头，简简单单，读起来朗朗上口，齿舌不会打架；品起来百般会心，心头不会纠结。这一片童真，当真是坦坦荡荡。正所谓大道至简，返璞归真，浑然忘言。

忙趁东风放纸鸢：风筝最早用于军事

高鼎是杭州人，一生大部分时间在宁波教书，他的口音不脱吴声。不过杭州人不说纸鸢，杭话称风筝为"鹞儿"。

有一种说法，认为上面带着笛哨，放起来迎风作响的才是风筝，只飞不鸣的叫纸鸢。毕竟筝本是一种乐器，将在风中鸣响的唤作风筝似乎有一定道理。现在区分纸鸢和风筝的人不多了，我们讲到纸鸢，说的就是风筝。

飞翔一直是人类的梦想，风筝的起源非常传奇，春秋时期就有关于风筝的说法。墨翟制成了木鸟，能在天上飞。鲁班继续改良，用竹子做成了木鸢，能在天上飞三天，还可以乘着它飞去侦察宋国的都城。

楚汉相争决战垓下时，风筝也有不小的戏份。野史说韩信打未央宫时，就利用风筝来测量宫下地道的长度。霸王被围垓下，本来还有一战之力，但到了晚上，韩信用牛皮制成风筝，上面绑着竹笛，迎风凄鸣，汉军配合笛哨之音，唱起楚歌，于是"四面楚歌"，士气崩塌，项王大溃。

正史中也讲到风筝的军事用途。南朝时有"侯景之乱"，梁武帝萧衍被困建邺，太子放风筝希望将求救的讯息带出去，但是被叛军射落。于是台城陷落，武帝被活活饿死。

明朝的时候还有一种武器，叫作"风筝碰"，是用风筝载上火药，放入敌阵中，然后引爆伤敌。

既然是纸鸢，那必得有纸。造纸术是东汉才被改良的，真正普及、便宜到能制作成玩物，恐怕得宋以后了。到了宋，放纸鸢真正成为一项群众娱乐活动，清明时节放风筝带走一年霉运的民俗，也是在宋朝流行开来的。风筝的款式和形制大量丰富，人们对扎制技艺的要求也越来越高，于是出现了专门做风筝的手艺人。

到了明清时期，制作风筝成为一件雅事，文人墨客纷纷加入制作风筝的行列。风筝有的极大，有的极小，各式各样。文人在风筝面上题咏、作画、刺绣、印染，各擅胜场。风筝还带有各种装饰，有哨子，有飘带，真可谓争奇斗艳。将自己亲手制作的风筝赠送亲友，也与诗词酬唱一样，是件非常风雅的趣事。

《红楼梦》中有专章写诸人放风筝，曹雪芹使用了惯用的手法，将个性、命运寓于风筝之中。袭人送给环三爷的是一个螃蟹风筝，黛玉放的是个十分精致的美人风筝，探春扎的是一只软翅凤凰风筝，其他风筝的造型还有大鱼、沙雁儿、蝙蝠、七只串在一起的大雁，等等。

春天放风筝，放得越高越好，越远越好，最后将线一绞，风筝就带着晦气霉运飞得无影无踪。这个风俗很有意思，既可以出去踏青看春，又可以跑动一下，松散闷了一冬的筋骨，还寄托着美好的祝福。

现在，风筝已经列入国家级非物质文化遗产，从传说中的飞行器到今天的工艺品，风筝或者说纸鸢不但没有失传，而且一直在发展，这也说明了中华文明具有长久的延续性。